最深愛的，最寂寞

Heart of Loneliness

吳若權

有沒有一段愛情,
無論完成了,或未完成,
它都是你心底永遠的依戀?

愈是沒有得到的感情，
離開它愈遠，
你就愈想念。

在你心中，
它如此美好，
美好到連遺憾都容不下。

正因為深深愛過，
所以不怕寂寞。

寂寞啊，
就是說不出口的「我依然愛你」。

目錄

part THREE

揮霍和你共處的時光

part FOUR

原來愛情也該足智多謀

part FIVE

孤單，在想念中狂歡

自序——

愛情是永遠的鄉愁。

當你真心愛上一個人，這段感情將會是你永遠的鄉愁。
你仰慕、你依戀、你擔心自己不配，可是你對它不能拒絕，你對它近鄉情怯。

三十三歲那年，初次造訪巴黎，有一種前世今生的熟悉感覺。我以為自己上輩子一定是個巴黎人，否則不可能會在完全陌生的城市中，漫步於依稀存在印象的市街，直覺我之前曾經來過。

那次旅行，認識一些人、經歷一些事，甚至作了一些重大的決定。直到今天為止，我仍常浮現當初在巴黎仰望天空時的這個念頭——如果可能的話，我想結束一切工作，到巴黎重新學畫，開始完全不同的人生。

那次旅行回到台灣，心裡想的都是令我魂牽夢繫的巴黎。

三個月之後，我再度去一趟巴黎，希望印證內在的想法，到底只是一時衝動、或我未來必須依循的直覺。

第二度造訪巴黎，我更加肯定自己上輩子絕對是個巴黎人，反而沒有那麼急著遷移過去定居。巴黎，是我心靈的故鄉，是我永遠的鄉愁。

後來，隨著年紀漸長，我慢慢懂得了那樣的愛戀。

當你真心愛上一個人，這段感情將會是你永遠的鄉愁。

你對它從一開始就有似曾相識的熟悉感，你仰慕、你依戀、你擔心自己不配，可是你對它不能拒絕，你對它近鄉情怯。

你在它面前，猶如回到母親的懷抱，親密、柔軟、安全，即使面對人生中難以承受的離棄，連遭遇背叛都能體諒對方必定有很多的不得已。因為，那段愛情，無論完成了、或永遠未完成，它都是你的心靈故鄉，愈是沒有得到，離開它愈遠，你的鄉愁愈深。然而，最深愛的，總是最寂寞。

十幾歲的你，已經體會過鄉愁的滋味。你愛上隔壁班的同學，喜歡經過他的教室，遠遠看著他，就光是這樣就足夠。你沒有帶走他，卻把心給了他。

如果你年紀很輕時，曾經有過離家的經驗，就更知道我所描述的鄉愁，是怎樣的一種想念、一種忍耐、一種甘願。

到了二十歲、三十歲，幸運的話，你得到真愛，用世俗的眼光來看，你終於在感情的世界享受衣錦還鄉的榮耀，多麼值得恭喜。

若沒有如願，真愛終究有一天，成為你心中永遠的鄉愁。在你的記憶裡，它依舊美好，美好到連遺憾都容不下。

你和它之間，只有最長思念、最深的祝福。

或許正因為你沒有得到它，就像前世中你回不去的故鄉，再怎麼酸楚的想念，都像是天堂。

愛情，是永遠的鄉愁。而且，最深愛的，最寂寞。你從來不介意比對方付出千百倍之多，你也不渴望對方知道或回報什麼。你和他之間悠長得像沒有終點的回憶，會令你覺得此生已經足夠。

寂寞，因此成為一枚成長歲月裡最光榮的勳章，證明自己多麼深情地愛過。

《最深愛的，最寂寞》是我出版的第九十七號作品，獻給每一個心中還有想念的人。

part ONE

失去才懂得完整的意義。

失去一段感情；
得到一份成長。

每個人都是完整的，
沒有任何的缺損。

分手的意義，
其實是讓自己解脫，
不要跟這些往事作困獸之鬥，
進而從比較理性的距離，
向內看進自己內心深處。

療癒感情的創傷，
解鈴還須繫鈴人。

不是對方，而是自己。

因為會讓我們受傷的，
不是對方的言語或行為，
而是自己對這些
言語和行為的反應。

最深情的無情。

愛情中可以最不食人間煙火的，其實是已經分手的關係。
那些封存的記憶，是無瑕的美麗。

分手之後，你會再和前任情人聯絡嗎？

我不會。

所以，我很羨慕那些可以和前任情人繼續做朋友的人。我不知道他們是怎麼做到的，也不知道他們如何和自己現在的伴侶解釋這層關係，更不知道他們是否會在意對方的現任伴侶是怎麼想的？

總之，和前任情人繼續做朋友，是很了不起的關係，非我能力所能及。我承認那是很大的愛、很寬的包容、很深的慈悲。十分慚愧，我真的沒有辦法。

或許看到對方，我的心還會勾起往日回憶。

即使已經沒有愛、也沒有恨了，但我會知道我們有過怎樣的過去，那絕對不是一般朋友的關係。曾經生死相許，曾經愛對方多於愛自己。如今，雲淡風輕了，我如何坦然面對，如何溫柔安撫，那個放開後花了很多心力才逐漸痊癒傷痕的自己。

所以呢？代表我還沒有放下嗎？

其實，倒也未必。

有沒有放下，跟要不要再聯絡，是兩碼事。已經放下，不一定要再聯絡。可以再聯絡，也不見得已經放下。

一位交情很好的女性朋友跟我說，她和男友分手多年，已經全然放下了，但就是不想和對方聯絡，包括彼此共同的好友，都在分手的剎那，全數割捨。其他朋友都驚訝地說：「妳做得好絕喔！」甚至有人懷疑地問：「妳確定有真的放下嗎？」

她知道我可以百分之百了解她的心情、以及做法，所以故意調皮地問：「你覺得我有沒有放下？」

有沒有放下？自己最清楚。當你懷想起那個曾經牽動你所有喜怒哀樂的人，心中是否還有埋怨、恨意、遺憾、傷痛，甚或愛戀。如果都沒有這些情緒，表示你已經把很大部分的罣礙都放下了。

至於要不要跟對方聯絡，或跟共同認識的朋友繼續密切往來，這是個人交友的原則問題，和有沒有放下並無絕對關係。

更進一步想，或許這也是一種慈悲的心情，讓分手後的彼此，都可以徹底的平靜，心湖不再激起任何漣漪。

其實我心中還有一個自私的秘密，不和前任情人有任何聯繫，是為了將彼此的印象留在當時最美好的一刻。在分手當下給對方的祝福，足以美化歲月的痕跡，後來的柴米油鹽醬醋茶，都無須再被提起。

原來，愛情中可以最不食人間煙火的，其實是已經分手的關係。那些封存的記憶，是無瑕的美麗。分手後不再聯絡，並非表面上那般無情，而是只有當事人才會懂得的深情。

證明我曾愛過你。

無論兩人相愛一場的結局是否相守，一段品質好的愛情，
足以拓寬了個人世界的領域，至少會給了我們嘗試挑戰不同人生的勇氣。

經常傾聽朋友情傷的故事，好像每個人的遭遇都很慘。好友問我：「聽悲慘故事的次數多了，會不會讓自己不相信愛情？」

其實，我內心有很清楚的界限，或者可以稱之為防火牆，讓自己對愛情的信仰，不要被這些吐苦水的朋友影響。甚至，在別人負面的經驗中學習成長。

這些領悟，看起來好像很不簡單，做起來沒那麼難。因為只要仔細聆聽所有傷心的過往，會發現除了分手的痛楚之外，愛情還是會帶給當事人一些內在成長的意義。

失去一段感情，難免會覺得難過。但是，很可能在愛情離開之後，看到自己的一些改變，這是很寶貴的資產。傷心悲痛之餘，回頭看失去愛情的自己，好像多了點從前沒有的東西。

有個女孩從前很偏食，連蔥的味道都排斥，尤其不敢吃辣，交上喜歡麻辣口味的男友之後，先從鴛鴦鍋開始，起初夾鴨血還要先在白湯涮過才願意吃，後來連泰國菜的酸辣海鮮湯都能上癮。

家人朋友很驚訝於她的改變，只有她自己知道愛情的力量有多麼巨大。即使那一段愛情走了，她對美食的味蕾卻被打開。

另一個擁有雪白牙齒的男孩告訴我，他本來並不重視刷牙這件事。尤其早上起床遲了，趕時間上課往往刷牙都是隨便應付一下，直到結交一個姊姊是牙醫的女朋友，還曾經送他一把電動牙刷，他才體會到正確刷牙的重要性及好處。

分手兩年多，他每天早上起床刷牙時，都會想到前女友，但並不是舊情難忘的那種情愫，而是謝謝她，帶給自己一些生活習慣的改變。

愛情走了，傷心之餘，很可能留下一點改變你一生的東西。

例如：打開對美食的味蕾、讓牙齒變得亮白……聽到這裡，有些生性悲觀的朋友問我說，「會不會太功利了？」他很難想像或期待，愛情必定要給失戀的人帶來這麼具體的利益。

其實，我並不特別奢望戀愛對於個人成長的功能性，但也不會排斥如果有這些好處的利益。因為我深深相信：無論兩人相愛一場的結局是否相守，一段品質好的愛情，足以拓寬了個人世界的領域，至少會給了我們嘗試挑戰不同人生的勇氣。

但是，如果很遺憾地，你的愛情走了，除了把心給重重地摔碎之外，什麼也沒有留下，那真是太悲哀，我只能安慰你：遇人不淑吧！

有時候一段愛情給我們的改變，並沒有任何的功能性。

例如，我並非從小就習慣把錶戴在右手，而喜歡過一個人之後，想跟對方擁有一樣的偏好而做的改變。那是二十幾歲的事了，你現在要我把手錶改戴回左手，我反而很不自在。

手錶戴在哪隻手上，並沒有任何實質的效益。對我來說，卻是一段美好的記憶。如果你要追問我，到底有沒有什麼益處，想來也是有的，那就是：證明了我擁有願意主動為所愛的人做些改變的能力，這點信心就足以讓我覺得自己會是幸福的人。

當你成為別人的新郎。

從感情結束的那一天起，彼此都不是對方的責任。各自結婚要不要通知，已經不是人情道義的範疇，如果愛情已經可以釀成友誼，就默默祝福對方即可。

若要以電視劇的觀點來說，「他要結婚了；新娘不是我！」真是老梗。可是，當一個二十三歲的女孩，接到前男友通知即將結婚的消息，還問她：「妳要不要從日本趕回來參加我的婚禮？」時，若要說這是她人生感情閱歷的一枚震撼彈，似乎也沒有什麼不可以！

在日本留學的她，跟我說：「剛接到通知的那一剎那，腦筋一片空白！後來才慢慢想起和他之間的點點滴滴！」

果然年齡和性別差異，讓我們對這件事的體驗，截然不同。

活到我這個年紀，前任情人結婚而對象不是我這種事情，發生的次數太多，也就漸漸麻痺。而且，反應的順序也不相同，我是慢慢想起和他之間的點點滴滴，然後腦筋才一片空白。

如果對方是我付出過很深感情的對象，或許還會默默地獻上祝福，但已經不容許自己太過於刻意，怕矯情了。

印象比較深的一次經驗，是女友和我分手後，不到半年就閃電結婚，她沒有通知我，但是參加過婚禮的朋友都說：「新郎長得很像你，連氣質都一模一樣！」這才教我百感交集。

當我的人生閱歷豐富之後，知道感情和婚姻的變數太多，姻緣注定的說法，並非完全是迷信，而是一種對命運臣服。沒有嫁給所愛的男人，沒有和心愛的女人結婚，雖然是遺憾，但讓幸福留在美好的回憶裡，不要在柴米油鹽醬醋茶中折磨，未嘗不是一件好事。

這時候講這些人生大道理，難免流於說教。我只好跟那位收到前男友喜訊的女孩說：「妳就好好空白一下吧！畢竟，這也是很難得的經驗呢！」幾天之後，她告訴我：「其實也不是傷心，就只是感觸很多。」

其實，我比她的感觸更多。除了勾起自己過去的經驗之外，最難的是我無法告訴她真正的感受。因為我很意外地發現，她的前男友自戀加幼稚的一面。

前男友要結婚了，不但越洋通知她，還問她要不要出席婚禮？

這種心態很可議。

若換作是我，寧可選擇暫時不說，或是等婚禮結束後隔天，再跟她發個訊息，無論透過臉書或手機都可以。

從感情結束的那一天起，彼此都不是對方的責任。各自結婚要不要通知，已經不是人情道義的範疇，如果愛情已經可以在歲月中釀成友誼，就默默祝福對方即可。

「妳要不要從日本趕回來參加我的婚禮？」這是很無聊的問題，前提並非：我現在跟你是什麼關係？而是：你要幫我出機票錢嗎？

通知前任情人迢迢千里來參加自己的婚禮，這種錦上添花的事，若非自戀加幼稚的男人，怎麼會做得出來？

這是最殘忍的喜訊，讓人看見愛情中識人不明的難堪。

恨你所愛的人。

愛的反面，不是恨，不是冷漠；而是恐懼。愛與恨是相生相衍的情感，你還會恨他，表示你還愛他。最怕是有一天，連恨都沒有了，兩人的關係才是真正的歸零。

感情，是最微妙的東西。

它讓我們分不清楚自己為什麼這麼矛盾？

尤其，是當你恨著你所愛的人。你好愛他、好愛他！偏偏，又恨死他了。特別是在他做出不符合你期待的事情，而你又離不開他的時候，恨你所愛的人，便成為一種錯綜複雜的情緒。

這時候的你，會問遍所有你最信任的親友，「我該離開他嗎？」每個人給你的意見未必相同，但仔細歸納整理之後，你發現建議中止這段感情的意見居多，其他人只是怕你傷心，沒有把話講白了。

鼓勵你繼續下去的票數，很可能不到百分之五。

結果，你還是離不開他。甚至，你還會自圓其說，必定是你太生氣了，失去理智時把對方講得太不堪，難怪親友都誤解他。甚至，你還覺得愧疚，不應該在背後這樣說他。

很多人贊同這個說法，愛的反面，不是恨，不是冷漠；而是恐懼。

愛與恨是相生相衍的情感，你還會恨他，表示你還愛他。

最怕是有一天，連恨都沒有了，兩人的關係才是真正的歸零。

我常聽很多男女傾訴他們在感情中碰到的困擾，當對方的表現與期待不符時，就會出現這兩種情緒，不是「恨你所愛的人」，就是「愛你所恨的人」。

甚至，兩種情緒兼而有之。我們既恨所愛的人，又愛所恨的人。

而且，愛與恨的對象就是同一個人。只不過因為不同的時間、不同事件、和不同的心境，讓我們同樣的既愛又恨。

典型的申論是這樣的：他昨晚竟然跟朋友去喝到半夜兩、三點才回來，事先都沒跟我講，氣死我，恨不得他被警察抓去關算了；雖然他這麼可惡，但是對我和家人還滿照顧的，為這種事情鬧翻，會不會太小題大作？

愛情世界裡，只要你沒看開、沒想通，類似的矛盾與掙扎，永遠不會停息。唯有當我們把自己的內在，提升到能夠超脫小情小愛的層次，從「恨你所愛的人」跨越到「愛你所恨的人」，才會展現慈悲的力量。

前述典型的申論，在心念轉變之後，成為：他一定是心情很苦悶，昨晚才會跟朋友去喝到半夜兩、三點才回來。他事先都沒跟我講，讓我很愧疚，應該是我平常不夠關心他，才會這樣吧，幸好平安回來，沒有肇事被警察抓去。

當對方不仁不義，罪該萬死，我還可以不離不棄，以原諒的心情，陪伴他最後一段路程。這肯定就是大愛了，或許凡人不能及，卻是一個標竿，可以看齊。

無從比較的長短。

所有關於「熱戀期」與「療癒期」的長短算計，其實都並不正確，
人生所有的快樂與痛苦都是無從比較的，連快樂與痛苦的時間都無從比較。

愛上一個人，只需要一秒鐘；忘記一個人，卻需要一輩子。

網路上，類似的句子廣為流傳；但是，對於很多真正愛過的人來說，有時候忘記一個人，是一輩子都無法做到的事。我們頂多只能提醒自己，不要再想起；然而，這樣的提醒，表示從未忘記。

科學研究說，「熱戀期」的長度，最多只能維持十八至二十五個月；似乎沒有人研究過，「療癒期」究竟要多久？或許，是比一輩子更長的時間，所以還沒有人能夠把它研究完成。

因此，一位談起感情還是很理性的朋友說，戀愛絕對是最不符合投

資報酬率的事業，你看「熱戀期」最多就是兩年，分手後傷心的「療癒期」卻那麼長。

所以呢？還是不要開始比較好嗎？或是，戀人應該把努力放在延長「熱戀期」，以及縮短「療癒期」？

愛情，從來就禁不起理性的分析！難怪太過理性的人，在戀愛中不會太快樂。因為，他們太過精明了；而精明過頭的算計，非常不適合用來戀愛。所有關於「熱戀期」與「療癒期」的長短算計，其實都並不正確。人生所有的快樂與痛苦都是無從比較的，連快樂與痛苦的時間都無從比較。

幸福的人，就是懂得把短暫的快樂，化成一輩子的記憶。「療癒期」的時間雖漫長，卻能在痛苦中並且快樂地度過，也就是那句深刻而耐人尋味的話——「痛，並快樂著」，或許會有點蒼涼，但比起蒼白到什麼都沒有的人生，還是豐富多了。

能夠在「療癒期」中安定自處的人，無疑是擁有了無可取代的幸福，讓傷口慢慢地結痂，然後在復原中產生比從前更堅強的力量。或許，這就是失去的愛情，帶給我們最珍貴的禮物。

無法在「療癒期」中泰然自若的人，往往沉溺在無藥可救的心碎裡怨天尤人，甚至愚蠢地以為可以借助另一段「熱戀期」，來幫助自己縮短「療癒期」的時程，所以造成惡性循環，痛上加痛。

原諒劈腿的理由。

在愛情面前，若願意讓自己的態度，展現適度的卑微，反而可以因此看見觸及偉大的特質，得到更多的幸福。

他到外地工作半年，好不容易請調回來，結束和女友兩地相思的苦楚。「小別勝新婚」的熱烈，讓他們的激情繼續延燒一段時間，敏感的他終於還是發現，她跟過去不太一樣，有點不對勁。

她沒有承認什麼，來自臉書朋友們提供蛛絲馬跡，就算都是耳語，卻也幫他證明了自己的猜測——就在他離開的半年間，她劈腿愛上別人，直到他快要回來的前一個月，才斬斷爛桃花。

他沒有拆穿這一切，只是提醒自己要多觀察。

儘管內心很痛苦，為了繼續愛她，他寧願獨自承擔。

當所有的紛擾終於回歸平靜，他盡一切努力抹去心中的疙瘩，還是有很多事的網友問他：「你是怎麼想的，竟然可以原諒對方，把她曾經背叛你所造成的遺憾都放下？」

深思熟慮過後的他，果然心中有最佳解答：「仔細想想，她是很怕孤單的女孩，是我自己不好，為了事業忽略她。如果我一直把她帶在身邊，就不會發生這樣的事。」

聽聞這段說法，朋友的反應很兩極——有些很感動；有些等著看好戲。

畢竟，原諒背叛並非容易的事；而且，有些背叛是積習難改。

有關他們的故事，發展到今天，還算是幸福地繼續著。經過那些風波，彼此更加相知相惜。

人生的路還很長，連我都不敢替他們背書，說未來一定不會有什麼事情發生。但是，我可以確定的是：在愛情面前，若願意讓自己的態度，展現適度的謙卑，反而可以因此觸及內在偉大的特質，得到更多的幸福。

如果他發現自己被對方背叛後，只是一味地怪罪她，甚至連原諒都附帶條件，逼她承諾什麼、或禁止她再怎樣怎樣。破鏡重圓的可能性就很低，即使勉強在一起，都不會真正地快樂。

或許，他真的很傻，替她自圓其說，也只是為了讓自己好過。但是，這不就是傻人有傻福？

哪個善於精明計較的人，最後可以得到真正幸福？

願意原諒對方劈腿的理由，一定有千百種，例如：「他只是一時禁不起誘惑」、「是我沒有好好看顧他」、「他已經悔改」、「他是初犯，再給他一次機會」、「他只是貪玩」……

但是，真正的原因只有一個，那就是：「我還愛著他！」

分手何必問原因。

駱駝之所以會倒下，最重要的原因是積累太多的壓力、以及沒有及時喊停。最後那根稻草雖然很關鍵，卻不是真正的理由。

在劈腿風氣很盛的年代，如果是因為對方對感情不忠而分手，固然令人十分心痛，但是彼此至少很清楚這段感情必須告終的主要原因。

雖然在類似的分手經驗中，失戀的朋友都說：在所有分手原因中，劈腿是最令人心痛的一種。而且我還發現很奧秘的觀點，因為劈腿而分手，恨的都只是對方劈腿而已，彷彿其他缺點都不存在。

我聽到的抱怨都非常近似，典型的說法是：「他真的很好，我們相處也沒有問題，怎知他會背著我做那些事？」我想是因為被劈腿的感覺太痛了，掩蓋過其他所有的問題，也彰顯了自己的無辜。

相對之下，不是因為其中一方劈腿而導致分手的個案，講起分手的原因都會變得語焉不詳，諸如：個性不合、時間到了、緣分已盡……甚至想不起來分手的真正理由。即使印象中曾經為一件很瑣碎的小事情，鬧到不歡而散，卻不是很記得是哪件事，就算記起來，還是深深不解，怎麼會為這樣的小事而分手？

導致分手的小事，俗稱為「壓倒駱駝的最後一根稻草」，我聽過許多導致感情分手的最後一根稻草，包括：相約看一場電影，對方沒有預告地遲到三十分鐘；打了三次電話，對方都沒接；跟對方索取一本借去看很久的書，他才說把書弄丟了……這些都是生活上的小事，兩人卻因此吵架而分手，好像有點不可思議。

很多人聽過「壓倒駱駝的最後一根稻草」這個典故，卻不知道它是來自阿拉伯的寓言。農夫想測試他養的駱駝，究竟可以承載多少重物，於是將稻草繼續不斷往上堆，直到最後一根稻草壓倒了駱駝。可見駱駝之所以會倒下，最重要的原因是積累太多的壓力、以及沒有及時喊停。最後那根稻草雖然很關鍵，卻不是真正的理由。如同很多分手原因，聽起來很莫名其妙。真相卻是累積太多細瑣的原因，到最後非但說不清，也不想弄清楚。因為，只要能好好離開對方，無論是什麼原因都不重要了。

我是不是傷到你？

療癒感情的創傷，解鈴還須繫鈴人。不是對方，而是自己。
因為會讓我們受傷的，不是對方的言語或行為，而是自己對這些言語和行為的反應。

事隔多年以後，他在臉書上收到一則留言，來自他曾經深深愛過的女孩，甚至這些年沒有交往新的女友，都是因為那段情傷沒有痊癒。

她突然很認真地問：「那時候，我是不是傷到你了？」

光看這句話，他的眼眶立刻泛紅，到底還是屏住呼吸，先回去點閱她的網頁，看到她分享的照片，判斷她後來交了新的男友，一路幸福到現在，深深為她祝福。他終於以一筆勾銷的氣概回答：「沒有啊，妳別這麼想。過去的都過去了，妳現在過得好，我就很開心。」

嚴格說起來，「那時候，我是不是傷到你了？」這個問題，確實是很難界定。我們都曾經在愛情中受傷，但是真的很難說，這些傷都是對方給的；甚至大多數的時候，是不自量力的我們，自己傷到自己。

雖然每個人在追求到愛情之前，都會希望自己表現得很勇敢，但是當對幸福患得患失的時候，立刻變得非常脆弱。對方任何一點不符合期望的行為，都足以對你造成致命的傷害。

小從他沒有按照約定的時間打電話給你；你陪他走了一個鐘頭的路回家，而他以房間沒有整理為由，沒有邀請你進去坐；他跟朋友出去玩，沒有問你要不要一起去……大到他劈腿偷吃、借錢不還、甚至用你的錢包養別人……

這大大小小的事件，都可以說是他對你的傷害，且也可以說跟對方無關，是你自己的選擇，造成這樣的結果，即使你不喜歡，也要對自己的選擇負責。

如果你在愛情離開以後，還覺得對方害你受傷，甚至很長時間都走不出去這個傷心的陰影，表示你自怨自艾的背後，都在等著向對方討回公道。

然而，對方真的沒有欠你什麼，即使有很多情債、錢債，也在決定分手的當下一筆勾銷了。如果你不甘願，只能針對違法的部分，透過協調或訴訟，獲得客觀的論斷及審判。

假使分手多年後，你還在等待對方慰問或致歉，認為這樣才能療癒自己，就真的很難完全復原。

「那時候，我是不是傷到你了？」有時候只是很有禮貌的問句，即使對方真的發自真心，也想要彌補什麼，但一切真的都過去了。

他事後的關心或歉意，或許讓你好過一點，但絕對不是仙丹妙藥，甚至會像嗎啡一樣，你會想愈要愈多。

療癒感情的創傷，解鈴還須繫鈴人。不是對方，而是自己。因為會讓我們受傷的，不是對方的言語或行為，而是自己對這些言語和行為的反應。

分手的意義，其實是讓自己解脫，不要跟這些往事作困獸之鬥，進而從比較理性的距離，向內看進自己內心深處。心底的某種渴望，正是最需要強化的脆弱。唯有找到這些開關，才能修復感情的挫折，重新啟動自己的人生。

在天長地久中釋懷。

千古以來，不變的原理卻是：「曾經擁有」和「天長地久」的比較，不只是時間的長短，還有相處的品質。

各自年齡都超過九十歲的一對老夫婦，結婚七十多年來，相處非常恩愛。老先生還說，他要照顧太太到一百歲。

他們的兒子接受媒體訪問，提到父親維持婚姻幸福的秘訣，就是堅守「四不一沒有」的原則——「不菸、不酒、不賭博、不吹牛，沒小三」。不可避免地，婚姻生活中，兩人偶有爭執，都是爸爸先低頭。

很多人羨慕天長地久的愛情，甚至期許自己可以和伴侶天長地久，但是很可能那只是一個願望而已，完全忽略該有的努力與忍讓。

當初相見時「天長地久」的期盼，很快就成為「曾經擁有」的遺憾。

若勉強在一起，還是苦多於樂。

維持感情非常不容易，就算兩個人是天賜良緣，情投意合，若不能彼此體貼，好好相處，在一起的時間愈長，經歷坑坑疤疤的痛苦愈多，如同把七零八落的老爺車開上偏鄉年久未修的道路，即使里程可以破金氏紀錄，旅途卻未必快樂。

前述老夫妻能幸福相守的實例，或許還有不少；但是，多數長輩天長地久的經驗，都是互相折磨比較多。

上一代的婚姻觀念比較保守，正式結婚後不會動不動就輕易地提分手。小至柴米油鹽醬醋茶間的摩擦，大到老公跟小三逍遙，太太還是可以不動如山。

微妙的是，當多年以後，老伴撒手人寰，問老太太這一生幸福嗎？還可能得到肯定的答案，只因為她在歲月的洗練中，學會忘了傷痛，記起對方的好，或看到自己犧牲的值得。

我曾經訪問過一個在婚姻中過得很慘的老太太，婆婆生前百般凌虐她，丈夫曾經兩次出軌，她還是認為自己這一生過得很快樂。

「若不是嫁給他，我怎會生出這麼好的兒子。」她說。

度過幾十年的灰暗，那些忍讓的時光，變成足慰此生的價值。對上一輩的女人來說，原來「曾經擁有」會留下比較多的喟嘆，唯有「天長地久」之後才能體會那些不得不的釋然。即使過得很苦，也會有代價。

感情和婚姻的觀念，難免在世代交替中有很大的改變。年輕小美眉未必能體會或贊同老阿嬤對幸福的想法。然而，千古以來，不變的原理卻是：「曾經擁有」和「天長地久」的比較，不只是時間的長短，還有相處的品質。

但是，快樂未必是人生的全部，深刻的苦痛或許也是另一種成長的經驗，只要出於自己心甘情願的選擇，任何經驗都在無怨無悔中顯得珍貴。

最深的感情紀念。

當你還在一段感情深深的愛戀中、或已經離開這段感情一些時間以後，不論用什麼方式紀念，最好是既可以療癒內心的滄桑，又不會打擾對方。

有好長一陣子，他身邊的朋友都非常不明白，一個不到三十歲的男人，為什麼每個月都會買親子雜誌來閱讀，而且還看得很仔細，難道真的是要提前給自己預習，將來如何成為標準的好爸爸？

這個猜測，頂多對了十分之一。對他而言，多看點雜誌、吸收資訊，總是不會錯的。但是，他之所以勤於閱讀每月出刊的親子雜誌，是因為女友在雜誌社裡當採訪編輯。溫柔體貼的他，想要分享女友工作的辛苦與成果，見面聊天時也可以有共同的話題。

即便後來他們分手了，他還是有固定買那本親子雜誌的習慣。每次經過書店或便利商店，都會帶上一本，付帳後馬上翻到版權頁，看看她是否還在這裡上班，再看看目錄頁，搶先閱讀她採訪報導的文章。

幾年後，她換工作到以報導美食為主的雜誌社，而且還榮升主編。念舊的他不但繼續閱讀親子雜誌，還多買了一份她負責編輯的美食雜誌，無論她是否知情，都默默獻上關心與支持。

每當大家在批評男人多壞、多呆、多不浪漫的時候，我都會想起這個男性朋友，對感情的付出，的確十分與眾不同。

當你還在一段感情深深的愛戀中、或已經離開這段感情一些時間以後，會用什麼方式紀念？最好是既可以療癒內心的滄桑，又不會打擾對方。

如果對方是個創作者，持續欣賞對方的作品，甚至以實際的購買行動表達支持，或許是很浪漫的方式之一。倘若對方只是很平凡的人，但是曾經在交往過程中留下美麗的經驗，重新溫習這些記憶，或許也是撫慰心靈的溫柔力量。

有個住在南部的男性朋友不論春夏秋冬，隨時想到就會去吃八寶冰，還好那是百年老店，一年三百六十五天都賣冰。不過，更重要的原因是，他初戀的時候，都會騎機車載女友去吃冰。儘管事隔多年，吃冰的享受還是會喚醒他青梅竹馬的記憶。

另外有個女性朋友，存了很多年的錢，再度飛往巴黎，舊地重遊的目的只是想要溫習大學畢業那年到歐洲旅行的一段短暫豔遇。她沒有打電話通知對方，只是造訪他們常去的咖啡館和酒吧，回味年輕的歲月。

這些紀念感情的方式，都很浪漫、安全、也不傷及別人，對自己內心深處的創痕，也可以有所療癒。

我想，其中最寶貴的部分，並不是他們用什麼方式去紀念心中最深的感情，而是他們在那段感情過後，已經得到更成熟的自己。是因為這個原因，才不會有觸景傷情的負面效果，眼前所見、心中所想，都是溫柔美麗。

part
TWO

男人也需要一個懷抱。

別說女人不懂男人，
因為多數男人也不懂自己。
性感的男人、感性的男人、
純真的男人、貼心的男人……
究竟哪一種，最受寵愛？

RACER

每個男人無論真實年紀多大，
心中都躲著一個長不大的男孩。

這個長不大的男孩，
常教他身邊的女人心動又頭痛。

只有很少數的男人，
懂得在不花大錢的情況下，
展現自己的品味。
也只有更少數的女人，
會知道如何欣賞這些不是
靠錢堆出來的品味。

性感男人是極品。

軟弱的男人，永遠是女人的災難。尤其，如果令女人動心的，是男人的一顆眼淚，這段關係勢必會把女人搞到很累。

通常「性感」大多用來描述女人；但其實有些男人很性感，是愛情中的極品。能碰到性感的男人，是女人的幸福。

所謂性感的男人，有的陽剛、有的斯文，沒有一定的外貌或體型，不過他們都有一項個人特別的專長，投入時非常專注，令女人著迷。

當然，性感的男人不會是工作狂，他會享受生活。或許，時間並不長，一杯咖啡、一頓晚餐、一場電影。

但是，兩個人在一起的時候，他眼底只看著女伴，含情脈脈。他若不是把握任何時間都要十指交纏，就是在很關鍵的時刻輕輕碰對方一下。用巧妙的肢體語言，隨時提醒她：「我很愛妳！」而這四個字，若是刻意說出來，永遠沒有比不經意做出來的動作，更能夠讓女人心嚮往之。

性感男人的身材，或好或差，但是他床技肯定不會太拙劣，更值得肯定的重點是：他在乎女伴的感受，不會為所欲為，或只圖自己的爽快。他會伸出胳臂，讓她當枕頭，痲痺了還捨不得翻身過去。

男人若表現如此性感，少不了有點感性。對美的事物，心有所動。但是，他不會讓感性氾濫。看電影到動容的地方，會讓眼淚輕輕落下，然後不留痕跡地悄悄擦去。他不是會嚎啕大哭的那種男人，太過於愛哭的男人，感性過了頭，會有點軟弱。

軟弱的男人，永遠是女人的災難。尤其，如果令女人動心的，是男人的一顆眼淚，這段關係勢必會把女人搞到很累。軟弱的男人，還有一個缺點，他內心非常不安，喜歡嘗鮮，而且抗拒誘惑的能力很差，絕對會是出軌、劈腿的高危險群。

真正性感的男人，不會失去理性的那一面。而且，理性才是讓他感性顯得有價值的基礎建設。因為男人的理性，讓女人有安全感，不會隨風飄蕩。男人的理性是都會地區的摩天大樓，感性是大樓背後夜空的煙火。這樣的畫面，才值得。

沒有女人會想要去沙漠看煙火，因為短暫的燦爛配不得永恆的寂寞。

品味的層次與格局。

只有很少數的男人，懂得在不花大錢的情況下，展現自己獨特的品味；
也只有更少數的女人，會知道如何欣賞這些不是靠錢堆出來的品味。

自信在感情上已經閱人無數的女孩，很老江湖似地說，她看男人的第一眼，並非五官，而是皮鞋和手錶！她的觀點確實沒錯，很多兩性的書和雜誌都教過，我意外的不是她年紀輕輕就懂這些，而是認為她應該還可以談幾段純真的戀愛，實在不必在這個並不需要論及婚嫁的階段，就把感情弄得如此市儈。

而且，我懷疑她過去交往的對象，至少是有點年紀的熟男，因為年輕的男孩若已經很懂得重視皮鞋和手錶，可能是花爸媽的錢買來的，頂多證明他多少懂了一點品味，並不能表示他具備擁有這些品味的消費能力。

男人的品味，固然是學來的，多數時候還是要靠金錢去買來。只有很少數的男人，懂得在不花大錢的情況下，展現自己獨特的品味；也只有更少數的女人，會知道如何欣賞這些不是靠錢堆出來的品味。

紅塵男女，一不小心就掉進品味的陷阱，只有看到靠金錢堆出來的門面，沒有相當的氣質與之匹配。

一位認識多年的女性朋友，跟我分享她的感慨。

七、八年前，她認識一個很有工作潛力的男人，雖然表現出很積極的態度，想要跟她共譜戀曲，一起吃幾次飯之後，她還是很猶豫。兩人的進度，徘徊在「友達以上；戀人未滿」之間。

後來，疏於聯絡，友誼和感情都逐漸不了了之。

再度重逢的時候，他已經發達。靠著經營特殊獨家產品的貿易，事業做得非常興旺。果然，她留意到他的皮鞋和手錶，已經是和當年完全不同的檔次。

的確，在很多情況下，物質的檔次某種程度反映出品味的層次。但是，真正的品味還是要有內涵支撐。

生意成功的他，依然像從前那樣，愛抱怨、愛計較、愛批評，短視近利不打緊，搭高級飯店的電梯，還旁若無人地抽了兩口菸。

親眼看見他賺錢的能力升級，跟著提高消費的檔次，卻沒有真正帶動品味的層次，她感慨萬千地跟我說：「觀察男人，畢竟不能只看皮鞋和手錶。」

這時候的我，才確定她愛情的層次提高，格局也變大，不再僅止於物質條件打轉，至少懂得增加內涵的考慮。

換我感慨萬千地想著：女人的長進，似乎還是遠遠走在男人的前面。

男兒淚裡有災難。

男人個性軟弱也不是什麼大錯；
但是，個性軟弱連結著不負責任的特質，就非常恐怖，絕非女人可以承受。

男兒有淚不輕彈！

這是傳統教養觀念，未必能跟上時代潮流。新的教養觀念，並不刻意壓抑男性的情緒，甚至鼓勵男人勇敢表達情感。

可是，如果女人交往對象，碰到非常愛哭的男人，恐怕不要高興太早。男兒有淚不輕彈，永遠是兩性相處的王道。

男人愛哭，是禍不是福，絕對是女人的災難。

關於男人的眼淚，我已經在過去的作品中做過很多的討論。男人不是不可以哭；只是不要太愛哭。當男人多愁善感到過於頻繁的一種地步，很容易讓女人沒有安全感。

偏偏，涉世未深的女人，常落入男人眼淚的陷阱。通常女人一看到男人哭，就從內心深處激勵出強烈的母性，立志要當他的救世主。女人的誤解是：他竟在我面前哭！在為他的真情流露感動之餘，也有一種無法言喻的驕傲，認為他的情感已經徹底赤裸。

男人碰到挫折或感傷的事，能夠不過度壓抑情感，甚至流出眼淚，確實是好事。但是，如果他非常愛哭，而且還會很明白地以哭泣做為溝通或情感的訴求，女人一定要非常謹慎小心，有沒有可能是一種情緒的勒索？若不是情緒的勒索，會不會是因為他的個性太軟弱。

或許，男人個性軟弱也不是什麼大錯；但是，個性軟弱連結著不負責任的特質，就非常恐怖，絕非女人可以承受。

有位女性讀者跟我說，她和男友正式約會的第一天，他就在她面前落淚。原因是他提起分手兩年的女友，還說他失戀以來的這段期間，幾乎想到對方就會流淚。

當時她覺得很感動，「啊，多麼深情的男人呀！」等到她答應和他正式交往，就發現情況真的非常不妙。

他愛哭也就算了，還很沒肩膀，尤其對感情不負責。他經常以舊情難忘為由，去看前女友的臉書，還邊看邊哭邊按讚。

她知情後，氣炸了，失去理智，破口大罵：「你把老娘擺在什麼位置？」

這句話不僅驚嚇到男友，讓個性軟弱的他感到害怕，壓力很大，直想逃走；同時也讓她自己驚醒——什麼時候，我從一個溫柔婉約的女孩，變成這個男人的老娘了？

是的！這就是跟愛哭男人在一起，女人最大的悲哀。他搶著扮演弱者的角色，她只好發揮為母則強的本事。偏偏，她比較想當個被呵護的小女人啊！

誰比較虛榮？

當女人把男友當炫耀品，虛榮到對外誇口自己的男人有多好時，就完全滿足了男人的虛榮心。虛榮，跟女人比起來，男人一點都不遜色啊。

歷經曲折的追求過程，他好不容易跟她培養出「有情人終成眷屬」的默契，甚至發展到親密關係，卻在她的住處過一夜後，感到惶恐及後悔。他發現：原來，她是個虛榮的女人。

其實剛開始交往的階段就知道，她愛用名牌、愛跟朋友比較，從外貌到名牌包包……當時，他只覺得女生都會這樣，沒什麼好介意的。如今卻覺得自己應該是被愛沖昏頭，自從他看見她的衣櫥，堆滿過季商場買回來的名牌貨、以及可能永遠都不會穿的高檔二手衣。他不免心想：以後的婚姻生活若是這樣，他該如何和這個愛慕虛榮的女人一起相處？

漸漸地，除了時尚品牌，他留意到，她開始會跟朋友炫耀，男朋友的工作、收入、開車……雖然他不是最頂級的配備，但是至少拿出去不會太丟臉。關於這一點，他的感受很複雜。雖然深獲肯定，卻也有些莫名的壓力。

甚至，還有一些小小的疑惑：她究竟是愛我的人、還是我的外在條件。

有關於她的這些小小的虛榮，漸漸累積成大大的嘲諷，成為愛的路上讓他有點進退兩難的障礙。會不會有一天，她跟其他所有拜金的女人一樣，眼睛只有物質的價值，沒有心靈的成長？

直到有一天，他從大學時最好的朋友口中知道，她跟共同認識的朋友說起他，把他形容得像是完美男人似地，說他非常溫柔體貼，不但主動幫忙做家事，還會幫她按摩……

那個朋友不可思議地誇獎他說：「有沒有搞錯？你談戀愛後，簡直變成另一個人，不是我從前認識的那個粗枝大葉的男人。你徹底升級成為新好男人了！」

他聽了之後，雖然面子十足，非常光彩，內心卻很愧疚。因為，他沒有她跟朋友講得那麼好，甚至遠遠都比不上。是因為她很虛榮的關係，才故意在外人面前把他形容得那麼好。

女人對物質的虛榮，或許是男人的惡夢。尤其，當女人她說：「我花我自己賺來的錢，你該不會有意見吧？」時，男人更是無言以對。

可是，當女人把男友當炫耀品，虛榮到對外誇口自己的男人有多好時，就完全滿足了男人的虛榮心。

原來，當女人真正而徹底的虛榮，是可以讓男人如此顏面有光。

虛榮，跟女人比起來，男人一點都不遜色啊。

男人摯愛的青春。

年輕未解世事的女孩，大部分都有些單純善良的本性，
表現在愛情上，就是對凡事好奇、處處驚喜，這些好奇與驚喜，給男性帶來莫名的驕傲與成就感。

幾乎所有的女人都有此共識：喜新厭舊的男人，不管怎麼選，他心中真正愛的，還是青春的肉體。如果有女性朋友遭遇感情背叛，而男人外遇的對象，果真是一個比她看起來更年輕的女孩，這樣的結論就更加根深柢固。

青春的肉體，成為熟女在歲月的長廊漸行漸遠之後，可望而不可即的遺憾。

或許，大多數的女人沒有想到，青春的肉體可能是自己在感情逆境中的假想敵，甚至是替自己脫罪的藉口。若男人愛的只是青春的肉體，

因此熟女敗給年輕的女孩，就沒有什麼話好說了。

男人，究竟是不是感官型的動物？青春的肉體，對男人而言，果真有如此不可抵擋的魅力？

答案其實見仁見智。

我只是想提醒那些因為遭遇背叛而傷心不已的女人，度過漫長的療傷期之後，要不要回頭想像自己敗在哪裡？除了青春的肉體，會不會有別的原因？

有個男性朋友因為變心愛上第三者，而背負各方的指責，恰巧他的新歡就是個年輕的美眉。所有認識他和前女友的親友，更加確認他是個膚淺的男人，愛的只是青春的肉體。

過了很多年，當他的新歡漸漸成為熟女，肉體也不再青春的時候，他才幽幽地告訴我，對他而言，新歡的吸引力並不是青春的肉體，而是她的單純與善良。

年輕未解世事的女孩，大部分都有些單純善良的本性，表現在愛情上，就是對凡事好奇、處處驚喜。

這些好奇與驚喜，給男性帶來莫名的驕傲與成就感，可能跟加薪和升官一樣讓他對自己充滿信心。無論帶她去哪裡、吃什麼、送哪個禮物，她的反應總是：「哇，好棒唷！」「真的，太好了！」「謝謝你唷，我實在太感動了！」那是精神上的威而鋼，足以令男人亢奮。

相對之下，熟女的反應：「又來了！」「你就不能成熟點嗎？」「與其送這禮物，不如折合現金吧！」讓男人踢到鐵板的次數過於頻繁，兩性關係就愈來愈緊張，到最後終於因為疲乏而失去原有的彈性。

熟女抗議，我說的是事實啊，難道男人像老狗變不出新招，我還要假裝無知地說：「老公，你好棒！」

過度虛偽的稱讚，的確為難女人，但至少可以忍住，提醒自己不要批判。

尤其，對男人而言，批判最容易扼殺他的自尊；而讓他在愛情面前失去尊嚴，是快速熄滅男人熱情的元凶。女人的抱怨與批評，最容易使男人對感情委靡不振。

女人如何忍住自己的怨氣，不在當下直接發作，傷及彼此的關係？最好的方法，就是真心的感謝。無論男人的行為如何幼稚愚蠢，感謝他還願意付出的那顆心，或許是讓愛情永保熱情的秘訣。

肉體上的青春，總會在時光中褪色；心靈上的青春，卻可以在體貼彼此的互動中生生不息。

懂得討好女人。

無論是多情的男女，或熱戀的伴侶，通常都忽略了這件事——愛情，是無法操控的。我們永遠只會被愛情帶到彼此該去的地方！

我在街上觀察，有愈來愈多年輕男孩，懂得討好女人。這和他們的上一代，很不相同。

年輕男人搭捷運，含情脈脈看著女友。旁若無人，時間靜止。那種眼神，是對女孩最大的恭維。人海茫茫，熙來攘往，而我只在乎妳。

開車門、拉椅子、提背包……真的有愈來愈多男子，終於懂得討好女人。他知道如何說愛，讓她感動；也知道如何暫別，讓她想念。

有個很陽剛的男孩跟我說，他跟熱戀中的女友去日本旅行，每個白天和晚上，女友都問他：「你到底愛不愛我？」他都故意裝傻。她愈是心急；他就愈想要逗她。

旅行的最後一個晚上，他們在北海道泡溫泉。天，是冰凍的；心是火熱的。他把她擁在懷裡，承認心底有個喜歡的人。她問：「究竟是誰？」他說：「遠在天邊；近在眼前。」女孩就被融化了。猶如冰雪，落入溫泉。

更絕的招數，是他們從日本搭晚班機回來的那夜。女孩邀他回住處一起過夜，他堅持要搭晚班車回家。

他跟我說：「這樣她才會想我。」

當男人比女人更懂得「意猶未盡」的道理，這段愛情是由誰在操控，已經很明顯了。

可是，無論是多情的男女，或熱戀的伴侶，通常都忽略了這件事——愛情，是無法操控的。我們永遠只會被愛情帶到彼此該去的地方，只要誰想從背後伸出魔爪操控對方，反撲的力量就很難預料及想像。

後來女孩認識一個比他更會討好她的男人，她含著眼淚說抱歉，無奈地提出分手。為了表現風度，他悲痛地成全。可是，不到半年，女孩又和新任的男友分手了。

女孩跟他說，我終於明白了！會懂得刻意討好女人的男人，都太有謀略。那樣的感情模式，彼此都很容易疲累。她開始等待一個真誠、單純的男人，給她帶來新的幸福。

而你別誤會了！以為看透世事的女人，只要男人的純真，不需要被討好。女人要的是把討好內化成真心的男人，而不是刻意對她付出的小動作。因為無論太假、或太有目的性的討好，都不會很長久；等到她死心塌地跟著他的時候，馬車就變成南瓜。頓時，失去男人討好的女人，都被打回原形，變成灰姑娘。

唯有男人真心對待的方式，才會是女人永遠幸福的城堡。

說不出的我愛妳。

當男人打死不肯說愛，只有兩種可能：
一、他很調皮，故意逗妳；二、比較起妳的付出，他知道承諾不起。

有些男人很頑強，打死不說「我愛妳！」偏偏女友還是吃這一套，捨不得離開他！彷彿繼續質疑他：「你到底愛不愛我？」成為兩人之間最有趣的遊戲。

這些傻女孩很可憐，即使窮盡畢生心力，在愛到最深處時，都還無法體會男人真心誠意說出：「我真的好愛妳！」是多麼令人感動的情節。

而比這個更妙的是：永遠聽不到對方說「我愛妳！」的女孩，還會替對方自圓其說。「他只是害羞！」「他只是不習慣把愛掛嘴邊！」「他只是想用行動證明！」或許，能夠這樣想，真的可以讓她覺得比較好過。但是，他究竟愛不愛她呢？還是沒有確切的答案。

有個女孩跟我說，在最親密的時刻她犯了這個錯，突然問男友：「你愛不愛我？」男友的答案很制式：「不然妳以為我現在做什麼？」當場她就覺得自己很殺風景，還非常感謝男友的體諒與包容，沒有因此而中斷該有的肢體動作。

我聽了，替她感到很悲涼。那個男人在身體最亢奮的時候，都還吝嗇對女友說「我愛妳！」至少透露了下列兩個滿嚴重的可能性：他的個性非常自私；或是，他不想承諾這段感情。

果然沒有猜錯，不到三個月他們就分手了。

原因是男友的前女友要求復合，儘管他曾經把前女友說得一無是處，可是等前女友回頭叫喚時，他竟聽話得像一隻狗。

朋友都替她打抱不平，認為她根本就是他失戀時，快要在情海滅頂了，隨手抓的浮木。

這時她才醒悟：難怪他都不肯說「我愛妳！」，原來這都是實情，他頂多只是喜歡她，沒有真正到很愛她的地步。至少，沒有愛到可以忘記舊情。

她問：「我做錯了什麼？」公平一點地說，無論愛或不愛，都不存在誰對誰錯的問題。但是，男人打死不肯說「我愛妳！」肯定不是好現象。我只能說，她愛他比較多，而他也自知理虧，所以更不想騙她說：「我愛妳！」

通常，碰到這種狀況的女孩，特別容易鑽牛角尖，我可以體諒。如我所料，她又自暴自棄地說：「那他全身赤裸，緊緊抱著我時，根本就只是為了性而已，不是愛！」其實，真的沒有那麼絕對。他還是有愛她，只是程度還不到能夠給出愛的承諾。

當男人打死不肯說愛，只有兩種可能：一、他很調皮，故意逗妳；二、比較起妳的付出，他知道承諾不起。

如果還是無法分辨他究竟愛不愛妳，最後的驗證方法，便是：離開他。但不是用鬧分手測試他，而是真的頭也不回地離開。

到那時候，他就會知道自己到底愛不愛妳了！

或許，妳會從他痛苦的程度，體會到答案是什麼。但是，不論答案是什麼，都已經不重要了。

從貼心到貼身。

要讓男人為了取悅女人而放下身段、甚至放下自尊，真的很不簡單，因此就要特別留意他的動機，除了純粹的真愛之外，還有沒有別的目的？

對女人而言，一段好的、浪漫的愛情，必定是從對方很貼心的表現開始的。如果對方還沒有過任何貼心的付出，就直接躍進到貼身的程度，這段感情的基礎，不容易穩固。

很多長輩看現代年輕人的感情，都會有太「速食」的喟嘆，無論什麼都是來得快、去得快。上述觀點，我未必全部同意，但也不諱言，情人相處的過程，若沒有貼心就貼身，的確比較容易出問題。

什麼是貼心的付出呢？怕心愛的人淋雨，特地送一把傘過去。他半夜餓了，幫他煮一碗你拿手的泡麵。他沒來由的想哭，你打開臂膀讓他盡情流淚。他不敢問忙碌的你幾點回來，而你總是會記得打電話給他，像咕咕鐘的布穀鳥那樣守時。尤其是你生病的時候，他不離不棄的照顧。

有個企業家夫人跟我說，丈夫是她的初戀情人。大學時，他是高她一屆的學長，長得高壯，很有男子氣概。

當時，她被拱為校花，有意追求的人很多，真正付諸行動的人很少。有一次，她感冒生病發高燒，兩、三天都無法去上課。他不僅送吃的過來，帶她去看病，還主動幫她洗衣服。令她很害羞的是，裡面還包括她的貼身內衣褲。這樣的男人，有什麼理由不嫁呢？

身處傳播圈的這對賢伉儷，在滾滾紅塵中看遍多少淫男慾女，歷經多少明星夫妻的緋聞流言，但就是可以細心呵護彼此，讓婚姻堅固不移。我想是他們年輕時候的相知相許，從貼心的付出到貼身的陪伴，才會篤定地相守在一起。

反觀，很多年輕的男孩，會跟女孩說：「愛我就要給我！」甚至很多女孩為了綁住男孩，而主動獻身。

他們跳過該有的貼心付出，直接往貼身的接觸開始，生理的吸引力過去，快速增加感情化成灰燼的機率。

如果年輕的女孩，有機會碰到願意貼心付出的男孩，的確非常幸運；但也不要一開始就被愛沖昏頭。

畢竟，要讓男人為了取悅女人而放下身段、甚至放下自尊，真的很不簡單，因此就要特別留意他的動機，除了純粹的真愛之外，還有沒有別的目的？就算不為名、不為利，他會不會只是一時興起，表現他短暫的英雄主義？

通過這些考驗之後的男人，可以算是非常值得珍惜的稀世珍寶。

不過，女人的危機就接著來了！這麼好的男人，大家都搶著要，除非妳持續讓自己保持在夠好的狀態，否則怎麼匹配得起？

「盧」到彼此都想逃。

一個身心都成熟的人，不會用這樣「盧」的方式，去試探對方的耐性，也不會因此而覺得有趣。
如果你很愛「盧」，還怪對方不解風情，只不過更進一步證明：你更不成熟而已。

年輕女孩談戀愛，多半問過：「你愛不愛我？」

如果在第一時間獲得肯定的答案，接下來的進階版問題，八九不離十是：「你有多愛我？」

換到年輕男孩的立場，偶像劇看多了，知道若只是回答：「愛！」或「很愛！」絕對是不足以解除眼前的危機，必須加上一個深情的吻、濃到化不開的擁抱，才能安撫女孩容易不安的心。

如果問：「你愛不愛我？」或「你有多愛我？」的女孩，真是出於內心的不安，只要男孩盡力安撫，不論是回答：「愛！」或「很愛！」

還是用親吻加擁抱，都可以給愛情正向的能量。

最怕的是，女孩並非基於不安才問，她本來就很確定男孩對她的心意，之所以不停地問：「你愛不愛我？」或「你有多愛我？」其實只是想撒嬌，當男孩不解風情，只是針對問題給答案，就永遠無法滿足女孩的要求。

這時候，她要的不是這個問題的答案，而是男孩更多的鼓勵與肯定，例如：「妳這個淘氣的傢伙！」「乖，什麼事又讓妳開始搗蛋了！」都會增加彼此相處的情趣。

大多數的女孩，心中很委屈。她只是想小小撒個嬌，沒有任何惡意。但是聽在男友耳朵裡，就是覺得她很「盧」（意味：囉嗦、瑣碎、不講理……），甚至給了一個很無情的答案：「妳再這麼『盧』下去，我可是會想要逃跑喔！」

稍微有點人生閱歷的人聽起來，就知道連男孩都開始撒嬌了。偏偏女孩聽不懂他的意思，沒有發現原來男人也會「盧」，就心碎地吵開了：「你嫌我不講理是不是，你要逃跑是不是，好啊，你走啊！」

故意帶著一點不講理、或不邏輯、不順著對方心意的撒嬌，如果對方很有耐性地聽懂了，就會以幽默化解，甚至發現你俏皮可愛的一面；倘若對方正處於忙碌的時候、或壓力很大的階段、或是個性不夠成熟，這種表達方式很容易被誤會為「盧」。

如果只有單方面偶爾「盧」，無論對方是否懂得情趣，都還有溝通的空間；倘若雙方在同一個時間都很「盧」，絕對會吵到很難收拾的地步。

問題是：為什麼要這樣「盧」呢？它的趣味點，究竟在哪裡？

一個身心都成熟的人，不會用這樣的方式，去試探對方的耐性，也不會因此而覺得有趣。

如果你很愛「盧」，還怪對方不解風情，只不過更進一步證明：你更不成熟而已。

容許男人的叛逆。

女人平常就要給男人一些空間，容許男人有些叛逆，他才不會在感情上搞怪。女人盯得太緊、管得太嚴，男人反而容易出差錯。

每個男人無論真實年紀多大，心中都躲著一個長不大的男孩。這個長不大的男孩，常教他身邊的女人心動，但也會令她頭痛。

尤其是熟男心中那個長不大的男孩，依照表現不同的行為模式，概分為幼稚或叛逆兩種類型。雖然有時候男人的幼稚和叛逆很難區分清楚，但是還是可以有簡單的界定。幼稚，就是近乎智商低但看起來可愛的行為；叛逆，則是故意標新立異、唱反調，或做出大家感到很難理解的事。

幼稚，永遠是男人最好的賣點；叛逆，可就未必會被青睞。女人面對男人心中的叛逆，究竟可以欣賞或承受到什麼地步，就要看他在哪些地方表現叛逆？還有，他叛逆到哪種程度？

有位女性朋友的男人，多年來都是留著標準西裝頭，有一天突然理個平頭，配上有點殺氣的五官，頗有黑道大哥的架式。說難看倒也不至於，頂多就是一時之間還看不大習慣罷了。這位女性朋友好奇的是，他為什麼突然改變髮型？究竟是受到什麼刺激？

男人懶懶地說：「沒有啊，只是天氣熱而已！」女人沒好氣，只能默默觀察，然後漸漸習慣。

男人改個髮型、換件襯衫，外型上的叛逆雖然明顯，相對成本比較低；若因為一時衝動買跑車，代價就很高。

另一位男性建築師朋友，開了多年的休旅車，某個晚上突然直接走進國外進口車商的展覽間，連試車都不必，直接訂一部兩門跑車，造型很炫，性能很強，價錢很貴，把同居女友嚇壞了。此刻，她終於才知道他是個非常悶騷的男人。

看似中規中矩的男人，突然表現叛逆時，女方驚訝的並非行為的本身，而是他改變的動機，最常推論的可能是他受到刺激，工作不如意，生活有太大壓力無從發洩……這些原因女方多半能接受，唯有以下這個推論，會讓她擔心不已——他，會不會是有外遇？

很多指導女人如何發現男伴偷腥的書，都不會錯過這一項：男人的行為反常。這個推論或許有些邏輯上的可能性，但比較矛盾的是，男人最大的叛逆莫過於感情的背叛，如果他已經偷腥，就不必在改個髮型、換件襯衫、買部跑車上做文章了。他反而會因為已經背叛這樣的叛逆，而更小心翼翼地保持生活的原狀，以免被發現這個秘密。

所以說，女人平常就要給男人一些空間，容許男人有些叛逆，他才不會在感情上搞怪。女人盯得太緊、管得太嚴，男人反而容易出差錯。其實，那些從來就不搞叛逆的乖乖男，看到這些現象，心中滿不是滋味。因為乖乖男不惡搞，會被女人說他太沒個性，沒自己的特色。

男人不壞；女人不愛！即使是吃過很多苦頭的女人，未必會懂得珍惜安分守己的男人。她愈來愈渴望分寸剛好的男人，用他的叛逆換點情趣，卻又不到無法收拾的地步。她只要心動就好，不要頭痛。

男人脆弱才動粗。

在愛情面前，手無寸鐵的人，發現自己一旦轉身，就無依無靠了，才會失控地用暴力解決他無法承擔的悲傷。

交往兩年多，他一直是個溫和的男人，甚至看電影的時候，還曾經掉過眼淚。只是她萬萬沒有想到，會在談分手的夜晚暴力相向。

其實不是什麼嚴重的扭打，只是有些拉扯。他的手錶刮傷她的手背，流出微量的血，染紅他的白襯衫上。那個畫面太驚悚、也太殘酷，她不願記憶。當時的想法是：反正，能夠從不願意繼續下去的感情解脫，而且也沒有傷及生命，就算了吧！

後來，她再談過幾段無疾而終的感情，雙方說再見的方式，就是很自然地讓感情漸漸變淡，慢慢地疏於聯繫，彼此都意識到走不下去，無聲無息地消失在對方的世界裡，連正式道別說再見都不必，很安全、也很無情。

正如愛或不愛，是個強烈的對比；和平分手或激烈鬧翻，也是天差地遠的遭遇。事過境遷，她終於有勇氣回想，那次分手夜晚的暴力。比較成熟懂事的她，才看見那個男人在拉扯時的無助與恐懼。

那次分手，是她主動提的。他沒劈腿、沒壞習慣、也沒特別做錯什麼，純粹只是她的遠見，告訴自己：兩人並不適合，再下去只是浪費彼此的時間。他大概是過度意外了，不想分手又不知道該如何挽回，動手拉扯的結果，竟在分手的那一刻，留給她「暴力男」的壞印象。

隨著時間的過去，「暴力男」的壞印象，在她心中沉澱成為悲憫與同情，既之而來的是深刻的原諒。使用暴力絕對是不正確的行為，卻很明顯表達了他內在的不安與恐懼。這是她經歷過很多人生，才慢慢懂得的道理。

如果她當年知道這樣的情緒，就不會讓彼此暴露在那麼危險的情境下，也幸虧他本性溫順，才沒有因為失去理智，而做出讓雙方終身遺憾的事。

在愛情面前，手無寸鐵的人，發現自己一旦轉身，就無依無靠，才會失控地用暴力解決他無法承擔的悲傷。只是他沒想到這樣的暴力，更會讓自己變得一無所有。

儘管多年以後，她已經漸漸釋懷，彼此曾經在相陪一段中留下僅有的恩義，卻已不在。

搶著當悲劇英雄。

願意禮讓愛情的男人，並不一定都是基於內在高尚的情操，
有時候只是自卑的心態，認為自己既然給不起、做不到，就拱手讓人吧。

身為男人，可以體會愛情裡最悲壯的情緒，莫過於成全。當你還深深愛著對方，卻願意為了成全而放手，讓對方投身於另一個幸福的懷抱，而自己變成這一段感情的悲劇英雄。

不知道是不是武俠小說看多了，某些男生在某些時刻，會想要讓自己成為這樣的悲劇英雄。

例如，終於鼓起勇氣，跟一個女孩告白時，對方說：「你真的很好，但我心中已經另有所屬了。」他立刻打消念頭，還跟女孩承諾：「將來無論妳碰到什麼問題，都可以找我！甚至他欺負妳，也可以跟我說。」

其實他心痛得要命，卻還是風度翩翩地走了。

若不是悲劇英雄的性格作祟，男人的反應或許會是：「他是誰？我要跟他公平競爭！」即使不是立刻找對方決鬥，也不會放棄得太快。

另一種狀況是在戀愛多年後，感情世界出現可疑的第三者，發現對方可以找到更值得託付的肩膀，自卑地認為那是自己給不起的幸福，就故作瀟灑地說：「妳走吧，我不值得妳留戀。」

問題是，對方或許並不想要這樣做。他們之間並未出現真正的第三者，或只是一個根本不存在的假想敵，男人就開始退縮。美其名是成全對方，其實是放棄自己該有的權利與義務。

有個女性朋友，就碰到這樣的問題！

和男友同居多年，因為是姊弟戀，男方剛退伍，工作不穩定，她的家人都反對他們在一起，常以各種理由逼她撤守，還不時巧立名目安排相親的飯局。

她曾在不知情的狀況下赴約，回來跟男友傾訴，男友不但沒有安慰她，還很不成熟地賭氣說：「我可以成全妳！」讓她氣得哭了。

半年多以後，他們因為常常爭吵這些事而分手。男方彷彿卸下巨大的壓力，毫無愧色地跟朋友說：「與其這樣吵吵鬧鬧，我寧願放棄心愛的女人，成全她的幸福！」

聽起來，好偉大！但這樣的悲劇英雄，真的值得尊敬嗎？其實未必！

願意禮讓愛情的男人，並不一定都是基於內在高尚的情操，有時候只是自卑的心態，認為自己既然給不起、做不到，就拱手讓人吧。

被他一廂情願地自以為是而成全的女人，無可選擇地面對分手的傷心。唯有看到他的自私與怯懦，才會發現趁早離開他，也是一種幸福的選擇。

part THREE

揮霍和你共處的時光。

在愛情的世界裡，
所謂的珍惜當下，
就是毫無保留的
付出與接納。

我們因為寂寞而開始愛；
最後也因為寂寞而讓愛離開。
這時才恍然明白：
兩個人在一起的寂寞，
比一個人孤單的寂寞，
更加難耐。

終於有一天，
我成為一個胸襟很開闊的人。
既願意付出、又忘記付出，
只記愛、不記仇。
這樣的我，
已經很難失去愛了。

不甘寂寞才去愛。

我們因為寂寞而開始愛；最後也因為寂寞而讓愛離開。
而在這千迴百轉的過程中，恍然明白：兩個人在一起的寂寞，比一個人孤單的寂寞，更加難耐。

幾乎所有的愛情，都是從寂寞開始的。因為自己一個人太寂寞了，所以想要找一個人來相愛。

單身很久的朋友，突然說她在網路上認識一個對象，只聊過兩次天，還沒正式見面，就開始熱戀。可以想見的，幾位接獲消息的好友，開始七嘴八舌地在背後唱衰，結論是：除非她運氣太好，注定要接受天賜良緣；否則，這樣近似盲目的戀愛，怎有可能成功？

我抱持中立的態度，問這些愛嚼舌根的朋友：「為什麼如此一面倒地看壞他們？」朋友們的答案很一致：「她顯然是寂寞太久了吧！你知道，在沙漠中渴到口乾舌燥的時候，喝一口汙水也會以為是甘泉。」

這些熱心的朋友，所講的道理固然沒錯。甚至，連當事人都承認，那天晚上是正好結束連續忙了五個多月的專案，想讓自己喘口氣才上交友網站，沒想到就這樣碰見這個人。是的，真的是寂寞太久了啊！但是，哪一段愛情，不是從寂寞開始的？

當一個人可以因為工作或興趣，忙碌到絲毫沒有餘力去感覺寂寞的時候，他將永遠不需要愛情。往往就是一個心靈上小小的缺口，突然湧入排山倒海的寂寞，才提醒自己：該是找個人來愛的時候！

幸運的是，有時候找到值得去愛的對象；甚至更幸運的是，找到一個非常願意付出愛的人。接下來更幸運的是，在千迴百折之後，愛依然持續在彼此心中，從此未曾離開。

只不過，人生常常事與願違。我們因為寂寞而開始愛；最後也因為寂寞而讓愛離開。而在這千迴百轉的過程中，恍然明白：兩個人在一起的寂寞，比一個人孤單的寂寞，更加難耐。

於是，我們終究回到一個人的寂寞裡，享受這份寂寞的折磨和自在。直到不甘寂寞的那一天到來，又開始了另一段戀愛。

我怎麼捨得你難過。

「我怎麼捨得你難過？」或許不是愛情的最高境界，
卻是一個不會偏離善意的指導原則，讓相愛的兩個人可以學會不要因為一時的自私、任性而傷害對方。

經典情歌唱到最後一句「你怎麼捨得我難過」時，大家都因為深有共鳴而動容。問題是，當愛情走到盡頭，還問「你怎麼捨得我難過」的地步，已經注定會是徒留遺憾的悲劇。

愛情比較高的境界，其實是在相愛的時候問自己，相對的問題：「我怎麼捨得你難過？」

如果常常把這個問題掛在心上，隨時提醒自己，為了保護這段愛情，而刻意不去做對方會難過的事，這段愛情反而有機會幸福長久。

為了不讓你擔心我去哪裡，我願意隨時告知動向；

為了不讓你吃醋發火，我會控制自己不由自主想瞟看美女的眼光；為了不讓你擔心我舊情復燃，我絕對不和前任情人聯絡；為了不讓你等我夜歸爆肝；我盡量不和朋友瞎混太晚，每晚十點前回家與你談心……

以上每件事情，都不是我對你的承諾，而是因為我心甘情願、律己甚嚴，而自然要求自己要做到的事，其實只為了讓你知道：我在乎你、我捨不得你難過！當我捨不得你難過的時候，就不會傷害你，更會珍惜自己。

有一天，如果我們不得不分離，我也會捨不得你難過。所以，理由絕對不會是我負心寡義地背棄你。

假使我們真的已經走到了感情的最後一站，希望可以溫柔地目送你的背影離去，把所有傷心留給自己。

「我怎麼捨得你難過？」或許不是愛情的最高境界，卻是一個不會偏離善意的指導原則，讓相愛的兩個人可以學會不要因為一時的自私、任性而傷害對方。

相愛的時候，有點愧疚是好的，可以激勵自己更願意慷慨地付出，一旦感情走到已經不得不分離的地步了，我反而可以因此沒有遺憾。至少，我們從來都不會為錢爭執、為愛反目。因為，無論愛是否依然存在彼此之間，我都捨不得你難過。

終於，有一天我會成為一個胸襟很開闊的人，而且懂得消化相處時候的委屈，既願意付出、又忘記付出，只記得愛、不記仇。這樣的我，已經很難失去愛了。就算你不愛我了，不久的將來，還是會有人愛我。

即使我的條件真的沒有很好，甚至我常因為愛得太深而不知所措，但正因為我從來就捨不得你難過，而讓愛也捨不得離開我。

忘記你愛過的人。

或許你無法忘記那個人的影像、那個人的名字、那個人做過哪些壞事，但是你已經忘了那些負面的情緒。面對往事，回眸一笑，過去真的都已經成為過去。

如果一定要二選一，你覺得下列兩個選項，哪個比較容易？Ａ是「忘記你愛過的人」；Ｂ是「忘記你恨過的人」？

有過深刻痛苦經驗的人，將會發現：答案是：Ｂ「忘記你恨過的人」，會比Ａ「忘記你愛過的人」容易。

儘管當時我們曾經恨之入骨，甚至痛不欲生，以為這輩子被傷害成這樣，這份苦楚應該會隨著自己老去。

可是，經過一段時間、一些經驗、一點覺醒，慢慢會知道，那些令我們痛苦的事情，沒有那麼絕對、那麼嚴重、那麼值得。直到有一天，某人提起他、或在街角重逢，你心中一點悸動都沒有，所謂的「形同陌路」就只是這樣了，你甚至有點可憐對方，淪落到如此地步，接著想要悲憫當初的自己，怎麼會被他傷得那麼重？但無論你怎麼用力回想，就是無法確認究竟是哪些事情，讓當時的你，如此不開心。這就是感情路上最高層次的忘記。

或許你無法忘記那個人的影像、那個人的名字、那個人做過哪些壞事，但是你已經忘了那些負面的情緒。面對往事，回眸一笑，過去真的都已經成為過去。

心理學的教科書上說，這可能是一種防衛機制的原理，保護自己不要再度受到長期傷害，所以主動選擇忘記。在靈性的教導上，卻是另一種角度的體會，因為你已經從愛恨中掙脫，學會接納與放下，於是忘記那些不愉快的記憶。

反而是你曾經付出的美好與值得感恩的事情，比較不容易從記憶中消失。你曾經在大雨中替某人送去的一把傘，寒夜為對方準備驅寒的熱湯；或是他給過你一次生日的驚喜，正好是你期待已久的禮物，他陪你度過某段人生的低潮……這些記憶通常很難忘記。

當愛情消逝之後，如果我們真的能夠學會變成一個更好的人，莫過於懂得對所有已經發生過的事情心存感謝，而自動捨棄那些負面的誤解或情緒的創傷。我們最大的收穫，就在於：愛過的人，依然可愛；恨過的事，已不存在。

幸福是有配額的。

世間大部分的事情，努力會帶來好運。
但唯有愛情這件事，努力或許無法保證可以成其事，因為愛情光一個人努力是不夠的，要兩個人一起努力才行。

幸福，是有配額的嗎？是數量多寡的配額、還是時間長短的配額呢？

通常沉溺在熱戀中的人，不會相信這個說法。他們已經愛到死去活來，就算有配額，也不惜在當下全數用盡。

倒是那些用盡心機要找到對象，卻遲遲等不到緣分而保持單身的人，會讓自己相信「幸福，是有配額的！」這個理論。還有人教他說，或許是前生感情履歷太豐富了，今生才來這裡坐這麼久的冷板凳。

我不知道，這是否也是正向思考的方式？但我確定，它安慰了很多形單影隻的寂寞芳心。如果尋尋覓覓這麼許久，吃齋茹素如此誠意，還是沒有能和意中人相遇，姑且相信「幸福，是有配額的」，只不過今生屬於你的那個人，要多等一會兒，才會出現。

原來，「愛情，是有配額的！」這個想法，是一種宿命。當我年紀很輕的時候，曾經問一位中年朋友：「您相信命運嗎？」已經是公司老闆的他，回答說：「等你活到我這把歲數，就知道了。命運，無所不在啊。」

如今我已經快要活到他當年的歲數，還是無法回答自己是否相信命運這樣的問題。大家不是都說「七分努力、三分運氣」嗎？朋友立刻糾正我：「管他命運佔幾分，只要有佔一分，就表示命運有其影響力了。」

是吧！我漸漸相信運氣，更相信：世間大部分的事情，努力會帶來好運。但唯有愛情這件事，努力或許無法保證可以成其事，因為愛情光一個人努力是不夠的，要兩個人一起努力才行。而且，一個太努力，反而會壞事的，要兩個人努力的節奏很近似，才能找到可以共鳴的人。

即使「幸福，是有配額的！」也要兩個人一起節省、或是一起揮霍才行。

無論你是否相信「幸福，是有配額的！」，唯有學會讓「珍惜當下」多於「及時行樂」，才能真正感覺自己是幸福的。否則，常常是沒有伴侶的時候，怨嘆寂寞；有了伴侶，又嫌不自由。

女人比男人計較。

女人之所以在分手後，抱怨男人小氣、或在金錢方面佔了她多少便宜，其實也不是她真的很愛計較，而是她實在太不甘心。

恕我直言，在感情上，女人比男人計較。當然，這只是我片面的感覺，未必是全面的事實。但是，希望女性讀者聲討我之前，先想想：為什麼女人給男人這樣的感覺？

大概是因為我常聽見女性朋友的抱怨，很多都是她如何被男人辜負、怎麼吃虧、多麼不值？相對之下，我很少聽見情場不順的男人有此抱怨，他們頂多覺得自己運氣不好、或條件不夠，讓心愛的女人未能繼續牽手下去。

若要稱斤論兩算計誰付出比較多，男人未必真的屈居下風，只不過男人不善於此道，講了還怕被別人嘲笑：小鼻子、小眼睛，難怪女人不喜歡你！

女人天生個性比男人細膩，談戀愛時記性特別好，甚至實際花費的帳目也記得比較清楚；很多男人連口袋有多少錢，都不會認真去細數，即使信用卡帳單來了，不太認真核對，反正按照規定期限內全繳就好，他不知道從交往到現在，約會付了多少金錢、禮物花了多少銀兩。

解析到這裡，你以為我都在替男人講話。其實沒有，我深深知道，男人也有小氣的、奸詐的、一毛不拔的，沒錯！但是，這些女人眼中的爛男人，鮮少在分手後講女人壞話，多半是因為他自知理虧，交往時沒有慷慨付出，分手就不能有抱怨。

女人之所以在分手後，抱怨男人小氣、或在金錢方面佔了她多少便宜，其實也不是她真的很愛計較，而是她實在太不甘心。她出於不甘心的怒氣，表現於抱怨付出的語言，聽來讓別人以為她很愛計較。

事實上，女人心中清楚得很，當感情成為過去，算這些舊帳已經沒有任何意義；但是，她就是無論如何要抒發一下心中的怨氣。她計較的目的，從不在於追討什麼，而是讓大家知道這男人沒有良心到了什麼程度，以及自己的犧牲奉獻有多麼偉大。

最後，大家都說她傻！沒錯。傻氣，這就是愛計較的女人，口頭上繞了一大圈，終於在得到一座精神上的紀念牌坊。

當時，我好傻！這是愛的一種境界，愈是天真浪漫，就愈無價。

感情的暗箭難防。

感情暗箭卻永遠躲在暗處，你完全無法防備。
當你被暗箭所傷，甚至陣亡，還是不知道自己是怎麼死的。而其中，最可怕的暗箭，射手不是別人，正是你自己。

自從偶像劇《犀利人妻》引發社會探討小三議題，「人妻有三怕：最怕撞車、撞鬼、撞小三」變成社會流行語。對於有過深刻相處經驗的女人來說，小三、小四固然可怕，但是感情中永遠有比小三、小四更可怕的東西，叫做「暗箭難防」。

畢竟，小三是個人，遲早總會發現；感情暗箭卻永遠躲在暗處，你完全無法防備。當你被暗箭所傷，甚至陣亡，還是不知道自己是怎麼死的。而其中，最可怕的暗箭，射手不是別人，正是你自己。

每當我講到感情暗箭的議題，多數朋友的反應就是身邊的小人。他們喜歡說三道四，搧風點火，破壞你在戀人面前的形象。如果是結婚後的婦女，最怕的暗箭就是婆婆和小姑，她們在背後說出惡毒的語言，往往是改變丈夫對婚姻觀感的致命傷。

話說沒錯，這些難防的暗箭，教人無法招架。但是，還有比這些更防不勝防的暗箭，就是你自己射發的，而且永遠可以準確地命中紅心，讓感情斃命。它的可怕之處，在於你毫不自覺，對方也不會說。你就是親手把感情給處決了，但自己完全沒有印象。

由自己發射出足以斃命的感情暗箭，會是什麼嚴重的暗器呢？有時候，只是無心的一句話，例如：「你的家人好討厭喔，怎麼都這副德行啊？」有時候，只是你不小心多看了不該看的人，引起對方的猜疑。最難過的是，事隔多年，很久以後，你才從別人的口中知道，他對這件事情的在意與反感，才是你們分手的真正原因。

這時候的你，回想起來，在啞然失笑中，有很多感觸。包括：一、他有不滿，為什麼當下不說呢？二、若真的讓他不悅，我可以改進啊！三、那真的是個誤會，我沒那個意思……

但是，事過境遷，你願意臣服於命運，變得無話可說。面對這些往事，深情的你只會遺憾、自責，卻忘了懷疑：那會不會只是他想分手的藉口？甚至從不怪對方小心眼、陰險、愛計較、神經病！因為，當時的你，曾經那樣深深地愛著。

誰會先提出分手？

愛情球賽的最後一局，贏得最心虛的戰績莫過於此——
你巴不得把對方給甩了，但卻是由對方主動提分手。

當愛情只剩雞肋，雙方腦海都浮現「食之無味，棄之可惜」的念頭，彼此在內心掙扎的問題，無非是：誰會先提出分手？

或許，會是你吧！你進退兩難，每次都醞釀幾乎足夠的勇氣，在苟延殘喘的感情末路上，終於看見一個可以分道揚鑣的岔口，愈接近才愈發現，要從自己嘴巴主動提出分手，確實是不容易的事情。

猶豫的你，終於明白，為什麼有人會用簡訊分手。打幾個字，按一個發送鍵，所有的痛苦都解脫。可惜，那不是你的風格。

「老實說，他沒做錯什麼；老實說，他對我並不差；老實說，也不是真到非分不可；老實說，兩人之間都沒有第三者；老實說，我也不是真的完全不愛他；老實說，我們之間有很多美好的過去；老實說，分手以後也不知道要做什麼……」

對你而言，簡單的「分手」兩個字，竟如此千迴百折。一百個以上的老實說，都是眼前的事實，卻也都是違心之論，因為內心深處還是十分明白：感情已到盡頭，不應該再耽誤彼此的時間。

於是，拖了很久，等到有一天，對方幽然地提出分手，而你竟是百感交集，在如獲大赦中，有些不甘心。甚至埋怨，我已經忍他那麼久，最後竟是被他給甩了。明明知道他的那種心情，你也曾經有過；卻還是無法克制地動了些微的怒氣，甚至問他：「我做錯什麼？讓你如此對我！」令對方啞口無言，徒增這段感情畫下句點的戲劇感，有如偶像劇的結局。

其實你隱隱約約知道，他比你更有良心。他禁不起內心的煎熬，寧願代替你背起負心的黑鍋。而當時的你，勝利得好光彩；直到全身而退的多年以後，還可以盛氣凌人地故意裝作楚楚可憐的樣子對他說：「那時候，是你先決定不要我的喔。」

愛情球賽的最後一局，贏得最心虛的戰績莫過於此——你巴不得把對方給甩了，但卻是由對方主動提分手。你好壞呀，裝作委屈無辜地離開，心中卻對自己按了一百個讚。感謝，老天如此厚愛！

原諒是愛的N次方。

當你還愛著對方，原諒的次數和時間都可以無限制地增加和延長。
只有當你不愛了，就連原諒也是多餘，這時候的分手，才可以最徹底。

曾經與很多朋友談到，什麼是戀愛時做過最笨的事，當各自回首感情曲折的路，最笨的往往不是付出多少真情，給了不值得愛的對象；而是一而再地，原諒根本不該原諒的人。

儘管付出真情，給不值得愛的對象，確實讓自己很傷。但是，頂多就是怪自己沒長眼，才會受騙上當。若能在受傷之後，得到覺悟，學會識人之明，也就沒有白白受苦。若是一而再、再而三地原諒不該原諒的人，三番兩次盡釋前嫌，讓對方若無其事地回到身邊，到旁觀的朋友都看不下去，自己甚至還為此與朋友反目，這就是愚蠢到無以復加的笨了。

可是，陷在其中的人，在醒悟之前，都不會覺得自己笨，而是認為自己很癡情，而且相信對方一定會改過自新。

就像買股票投資，從來不肯設停損點，當股價直直落，卻不肯認賠，非要它下市變成壁紙，才會承認自己原以為的投資，其實跟投機沒有兩樣。無論感情或股票，過程中緊抱著不放，未必跟癡情真正有關，說穿了，只是一味地不甘心而已。

有位女性朋友，遭到男友第一次劈腿，傷心到得了憂鬱症，整整消瘦七公斤，還癡癡巴望著對方回頭。後來，他果真如願回來，她歡天喜地原諒對方，還不准朋友說「重新接納」這四個字，因為在她的念頭裡，他從來沒有真正離開過。

而劈腿這種事情，本來就是惡性難改；加上她原諒得這麼快，從未讓對方獲得真正該有的教訓，重複犯錯的機率當然就很高。他好像就吃定她這一點似地，一再出軌，分分合合。

「妳到底可以原諒他幾次呢？」這個問題不只朋友關心而已，她也經常問自己。然而，從來沒有答案。

只有真正愛過、也被傷害過的人，才會知道「你到底可以原諒他幾次呢？」這個問題的答案。原諒，是愛的N次方。當你還愛著對方，原諒的次數和時間都可以無限制地增加和延長。只有當你不愛了，就連原諒也是多餘，這時候的分手，才可以最徹底。

幾年之後，她終於還是決定離開他。不明白內情的人，總以為他把她的耐性用光了，只有懂感情的朋友知道，實情是：他終於把她的愛磨光了。當她不愛的時候，是連恨都派不上用場。

保持優雅的必要。

兩個人在一起的時候，或許因為有愛，還可以提醒自己表現優雅；
然而，分手時候的優雅，最容易因為愛已經不在，優雅就被忽略。

觀賞歌唱選秀節目，正好是「形象大改造」的單元。有一位參賽的女歌手，之前的形象比較活潑動感，經過造型老師的建議，她改穿典雅的小禮服，一出場光是單耳的大耳環和醒目的項鍊，就教觀眾很驚豔了，後來發現她連歌聲都比過去的表現更有感情，不再用橫衝直撞的方式訴說愛戀。

當她唱完歌，主持人感觸很深地說：「戴上這個大耳環，妳變得好優雅！」不愧是資深的主持人，對每個細節觀察入微。的確，平常粗枝大葉的人，一旦身上披披掛掛一些小物件，就很容易提醒自己留意姿態，而變得優雅起來。

保持優雅，真的很重要，卻也非常困難。有些人的言行舉止大剌剌習慣了，要收斂這些熟悉到近乎本能的動作，變得儀態優雅，彷彿比殺了他還痛苦。

如同不習慣穿高跟鞋的女生，回到家之後的第一件事情，就以「親者痛；仇者快」的姿勢，咬牙切齒地把高跟鞋踢開。單身的時候家裡沒外人，要怎麼墮落都不在乎；一旦跟喜歡的人住在一起，還是要意識到優雅的必要，才能讓感情維持久一點。除非，兩個人都邋遢，那就另當別論。

但別忘了，就算對方形貌很不修邊幅，他未必喜歡伴侶也是這樣。人總是看不清自己，卻對別人有所要求的。

兩個在一起的時候，或許因為有愛，還可提醒自己表現優雅；然而，分手時候的優雅，最容易因為愛已經不在，就被忽略。於是，在揮手轉身的那一刻，給對方留下了一個很糟糕的印象。甚至，還因此他慶幸抽腿快、離開早。

我們終將學會，談戀愛的時候，要保持優雅；當愛盡情滅，更需要優雅地轉身，或許你已經不指望對方懷念，也無意讓他後悔，但卻不能不要求自己，給愛情最後的這抹夕照斜陽，一個美麗的印記。

如果一段愛情，沒有讓彼此學會優雅。那些美好時光、那些痛苦記憶，都有點枉費。

最庸俗的報復。

如果已經毫不顧念舊情，把對方忘得一乾二淨，就不會有任何報復的念頭。分道揚鑣之後，兩個人的世界，既無任何交集，也就不必有任何情緒。

她和他分手的事，鬧得滿城風雨，我以為她會因此而很不開心，事實卻未必全然如此。

當然，要說真正開心，也不盡然。

談分手的時候，她的心情和所有理性地走到愛情盡頭的戀人一樣，最理想的境界是：好聚好散。

但是，能夠好聚好散，就跟相戀、相愛一樣，絕對不是一個人就可以決定，必須雙方都有這樣的共識。

顯然他還沒有做好放手的準備。一個大男生，竟到處向朋友訴苦，其中也包括她的好友，以及半熟不熟的人。本來是想挽留這段感情的話，傳來傳去變成他的抱怨以及委屈；相對的意思，就是她這段感情中的對待，很有問題。

愈傳愈不好聽的話，從四面八方湧進她的耳朵裡，分手不但已成定局，還加倍地令人感覺難堪。堅持口不出惡言的她，選擇默默退到愛情舞台的布幕後面，等曲終人散，熄燈暗場。

幾個月之後，我發現她變得很不一樣，看起來身材更好、更苗條，精神和氣色都比從前多了青春活潑的氣息。

我不免深深感嘆：「這是最庸俗的報復！」

她一時之間沒有聽懂，瞪大眼睛裝作敵視的樣子，不解地等我解釋清楚。

因為我觀察到，才華洋溢的她，在分手後也不免落入了俗套，應了那句老梗：「讓自己活得更好，就是對分手情人最大的報復！」

她聽明白後，哈哈大笑！我們認識多年，非常明白彼此。她因此有點心虛，發現我知道她仍然在意他。而她心中的這點兒在意，並不是想要和他復合，而是要讓對方因為無法繼續擁有而懊惱，藉此讓自己有再獲勝一回合的感覺。

坦白說，這樣的感覺，有點殘忍，也不成熟。

另一個女性朋友，在分手後持續落落寡歡多年，直到某天透過臉書收到前男友的訊息，他說：「還是妳比較好！」她才完全釋然。理由竟是：分手後還能得到對方的肯定，並且在其中獲得報復的快感。

如果已經毫不顧念舊情，把對方忘得一乾二淨，就不會有任何報復的念頭。你過得好不好？他變得怎樣？都變得不重要。分道揚鑣之後，兩個人的世界，既無任何交集，也就不必有任何情緒。

分手之後，讓自己活得更好，純粹就是為了自己而已。當你還想讓對方後悔或惋惜，表示愛情最後的那點得失心，並未真正地完全消退。

part
FOUR

原來愛情也該足智多謀。

相愛的兩個人，
彼此付出多少，
只要雙方都有心，
也很努力，
就不必去計較勝負或輸贏。

真正懂愛的戀人，
都是世界上最好的創造者。

他帶著一份幸福前來和她重逢，
他再帶著她給的
另一份幸福離開。

每一次的相聚，
都創造雙倍的幸福。

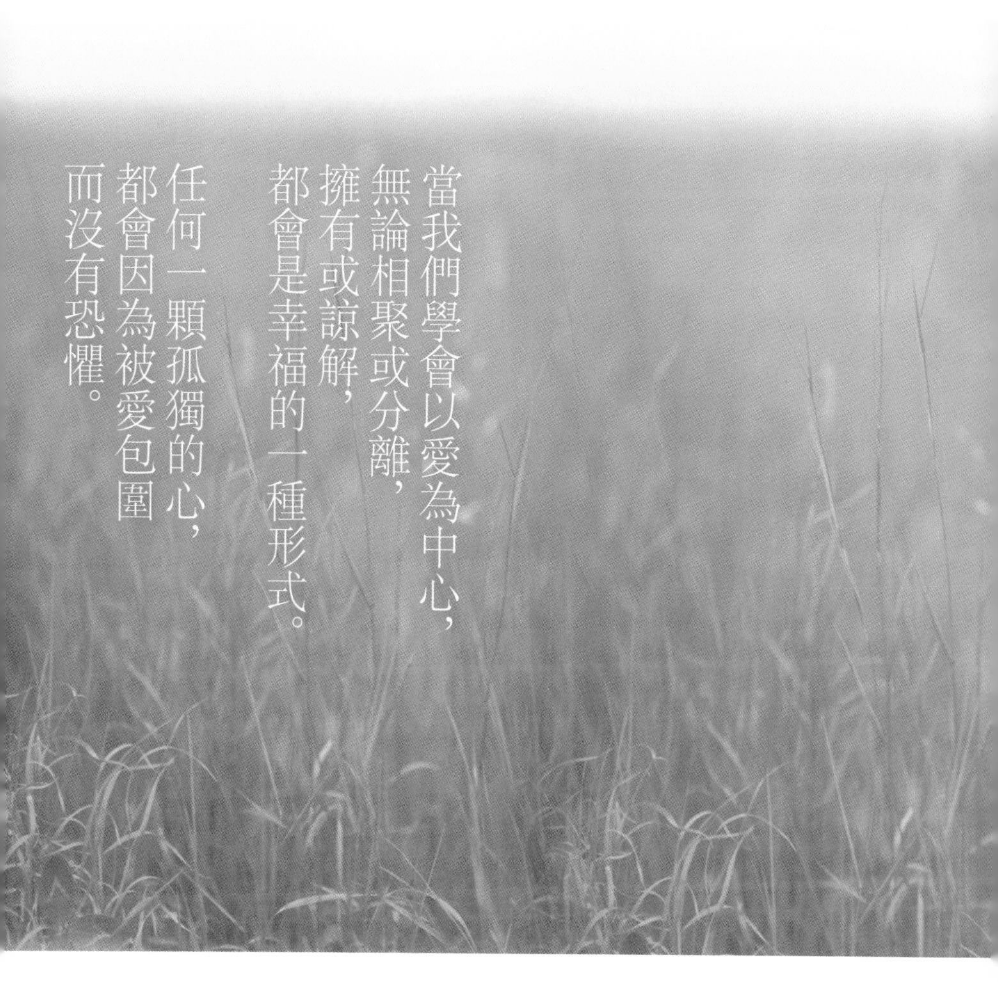

當我們學會以愛為中心，
無論相聚或分離，
擁有或諒解，
都會是幸福的一種形式。

任何一顆孤獨的心，
都會因為被愛包圍
而沒有恐懼。

輸你一點的幸福。

相愛的兩個人，彼此付出多少，只要雙方都有心，也很努力，就不必去計較多少或輸贏。
但是，其中一方若刻意怠惰，就會摧毀這份美好的互動。

愛情，最怕淪為才藝競賽，雙方不斷爭搶誰比較厲害。才子配佳人，未必幸福的道理，就是在這裡。與其誰也不服誰；還不如學會放下身段，欣賞彼此的手采。

在兩個人相處的過程中，只有一種比較，輸給對方之後，還覺得很幸福，那就是——不管怎麼做，你總是愛我多一點，你總是付出比我多一些。在付出上，輸給你的幸福，雖然有點愧疚感，卻是非常甜蜜，而且令人沉溺。

這種幸福的比較，只是心情的感受，並非實質的算計。有位女性朋友習慣賴床，天天都是男友做早餐給她吃。男友還擔心她吃膩，幾乎天天變換菜色，每隔幾天還出去買外面的早餐回來，有時候是燒餅、油條，有時候是漢堡、三明治。她覺得自己幸福極了，光想到男友的心意，就快要流淚，更別說是他不辭勞苦、不畏風雨的努力。

在早餐這件事情的付出上，她真的輸得太徹底。也因為實在是太輸了，所以感覺非常幸福。其實，她在其他方面的付出很盡力，包括：燙襯衫、搭配服裝、替他爸媽選禮物……從朋友的眼光來看，他們倆對彼此的付出，實在難分軒輊，有趣的是，雙方都覺得甘拜下風，所以才可以洋溢著幸福。

這樣的幸福，也可能變調！

當察覺自己輸給對方之後，發現這是一場贏不了的競賽，就完全放棄原本的熱情，一味地坐享其成；或是吃定對方不求回報的個性，把他的付出當作理所當然，即使他還是很願意繼續付出，自己卻因為不懂得珍惜，漸漸變得麻痺，而咀嚼不出任何幸福的滋味，不只是可惜而已，簡直就是太糟蹋幸福。

同樣是買早餐這件事，從前有個男同事，天天享受女友幫他準備的早餐，卻囫圇吞棗，還嫌不好吃，有時甚至故意把早餐轉送給其他同事吃，他自己去買小攤的食物。幾位品嘗過他贈與愛心早餐的同事，都覺得口味很不錯啊，是他太挑嘴。

好長一段時間，我們都不敢讓他的女友知道，他是這樣的不知滿足，暴殄天物。幾個月之後，他們果然就分手。

相愛的兩個人，彼此付出多少，只要雙方都有心，也很努力，就不必去計較勝負或輸贏。

但是，其中一方若刻意怠惰，就會摧毀這份美好的互動。在付出這方面，自覺輸給對方一點點，會是很幸福的感覺；可是，如果相差一大截，完全追不上，最後很可能就會走到全盤皆輸的地步，再多懊惱都喚不回。他對你種種的好，你只能在記憶中回味。

世界的中心是愛。

比較好的兩性關係，是兩人都以愛為平衡的中心，雙方對等地付出關心，各有自己的一片天，能夠良性互動，彼此體貼。

女孩幽幽地說，她最近諸事不順，陷入人生前所未有的低潮期。我很關心地問：「哪些事讓妳這麼不開心，是感情不如意嗎？」她搖搖頭說：「不是！」接著井然有序地條列她正煩惱的事情，包括：

房東暗示下半年可能會調漲租金。學妹欠她新台幣一千元，拖了兩個多月都沒有歸還的意思。機車跟別人發生擦撞，雙方都沒有大礙，但是她的機車刮痕還沒處理。論文的指導教授愈來愈賴皮，丟給她很多無償的研究計畫，不知道要做到什麼時候？跟著影響她的論文進度，高度懷疑自己能否順利拿到學位。

傾聽她的煩惱，設身處地為她著想，對於二十出頭的女孩而言，我不能說每件事情都微不足道，更不能把她碰到的所有問題，全都歸咎於她的個性太愛鑽牛角尖；但是，聽完她遲遲說出的最後一項煩惱，就發現這才是問題的核心——剛上班的男友，被公司外派去歐洲支援，要四個多月以後回來。

雖然她一直強調：「我們感情很好，我沒有操心他什麼！能夠出國工作一段時間，增廣見聞是好事！」但是，還是可以將她感覺不好的事情，都連結在兩地相思的苦惱中。

很顯然地，他一旦不在，她的整個世界就空了。目前她所煩惱的事情，其實在男友出國前就都存在。當時的她，過著小鳥依人的感情生活，即使天塌下來都有他頂著。如今，他不在身邊，依賴習慣的她，變得特別孤單，沒有安全感。

所以，原本視而不見的小麻煩都一一出現，甚至逐漸被放大，開始覺得自己無力抵擋，整個宇宙都傾斜在她無法招架的弱點上。問題是，她毫無察覺最核心的問題，其實是男友離開讓她覺得孤單，還一直以為是整個世界聯合起來找她麻煩。

熱戀期的女生，都很容易把男友當作世界的中心，所有的人生都圍繞著他運轉。有一天，無論是求學就業的理由、或是感情生變的因素，男友不在身邊，無法撐起她的一片天，整個宇宙就坍塌陷落。

有過幾次心碎經驗的女孩，漸漸學會「多愛自己一點」的理論，逆轉她在感情世界的慣性，改為「以自己當作世界的中心」，甚至有點大女人的心態，奢求男人事事都要配合她的期待。其實，這種做法也很容易把男人嚇跑。

比較好的兩性關係，是兩人都以愛為平衡的中心，雙方對等地付出關心，各有自己的一片天，能夠良性互動，彼此體貼當然是最好；若將來有一天緣盡情滅，也不至於孤單到自我毀滅的地步，可以安然地獨處，也可以等待下一個有緣人。

除了更寬廣的愛，沒有人可以是世界的中心。

或許，我們都曾渴望在世界的中心呼喊愛情，卻不能死守著破滅的愛情而想要擁有全世界。

當我們學會以愛為中心，無論相聚或分離，擁有或諒解，都會是幸福的一種形式，任何一顆孤獨的心，都會因為被愛包圍而沒有恐懼。

該為愛改變自己嗎？

唯有為了主動願意要讓自己變得更好而改變，才會真正讓幸福圍繞在兩人之間。
如果是不甘不願地改變，怨念一定很深。

要愛自己！不要想改變對方，也不要期待對方會為愛而有所改變。以上這些說法，大家已經太耳熟能詳，但是要百分之百做到，總還是有點困難。

如果一直強調「要愛自己！」的原因，是因為害怕對方不夠愛你；想改變對方的原因，是因為你一直看對方不順眼。兩個人的相處，不論愛不愛、改不改，都難有天長地久的結局。

怎樣的改變，才會讓彼此更相愛呢？唯一的解答似乎是，當自己有足夠的覺察力，發現必須做出改變，才能讓雙方都更幸福，這樣的改變，才能召喚更多的愛，提升更高的能量。

有位男性朋友跟我訴苦，他和女友多次分分合合，最近兩人又大吵一架，處於冷靜期，他不知道該不該努力挽回。

我問他：「看你如此不捨，她一定有你特別留戀的地方！」

他坦承，剛開始的愛，都是激情。後來難免在相處中有摩擦，中間還曾因為父母反對、第三者發生曖昧而告吹。但是，令他始終念念不忘的，卻是她為了這段感情做出的許多重大改變——

她本來不會烹飪，戀愛後卻努力學做菜，而且常為他準備愛心便當；她本來不做家事，同居後都是她做家事；她本來不肯服輸，想復合時竟會主動認錯。

由於他是個很細心觀察、而且體貼入微的男人，所以他看見她的改變，也心疼她的付出。

那為什麼還是吵吵鬧鬧、分分合合呢？

關鍵在於：她對自己所做出的改變，是否真的心甘情願？唯有為了主動願意要讓自己變得更好而改變，才會真正讓幸福圍繞在兩人之間。

如果是不甘不願地改變，怨念一定很深。光是那一股怒氣，就可以燒起無名的火，毀滅愛情的城堡。

矛盾的事情，於是在這裡發生——當女人不是為自己，而是為了她的男人改變，男人愛的是她的改變，而不是她的本人。那只是本能的感動，不是淬鍊的感情。唯有願意單純地為自己而改變，心甘情願，才會散發真正的魅力。

冷處理或不在乎？

所謂的「冰凍三尺，非一日之寒」，就是日積月累的冷處理，
囤積尚未解開的情緒，糾纏愈滾愈大的心結，成為兩人之間的高牆，最後終於再也無力翻越。

年紀很輕的時候，我的感情經驗不豐富，深信「伴侶之間，沒有隔夜仇！」的理論。換句話說，就是當天有什麼摩擦或誤解，或是相處有什麼問題，一定要當天澄清、處理、甚至解決。

有幾次很糟的經驗，就是把彼此弄得劍拔弩張，更加誓不兩立。後來，個性漸漸成熟了，覺得天下沒有什麼話是緊急到非得當下說清楚，尤其兩個人若有心走一輩子，會有足夠的時間慢慢思考、好好觀察、細細包容。於是不再完全同意「伴侶之間，沒有隔夜仇！」有些事情今天若說不清楚，或對方還在氣頭，不妨就先擱著，改天再說。

這個溝通法則，並不容易做好。算是危險動作，若沒練過，不能輕易模仿。因為，若要接受「不妨就先擱著，改天再說。」兩人之間必須有足夠的理解及信任，否則熬不了多久，累積的誤會和怨怒太多，感情就會夭折。

舉凡生活裡的小事，彼此處理態度不同，期望有差異，說出「你是怎麼想的？」「難道不能改一下你對我的態度嗎？」「我這樣做有什麼不好嗎？」到比較嚴重的質疑：「他們說的是真的嗎？」「你是不是愛上別人了？」你會即時回應嗎？或是「等我們彼此都冷靜一點時再說！」

你究竟想要擱多久？改天是要等到什麼時候？光這兩個問題，就可以讓彼此困在僵局裡。善意冷處理的態度，蔓延到最後，就是讓對方覺得你根本不在乎？

是冷處理；或是不在乎？

通常不是自己說了算，關鍵還是對方的感受！

還記得你說過多少次：「別想太多！」「現在先不談這個。」「改天再找時間說。」嗎？你即使真的覺得當下不想談，或是你自己在逃避這個問題？推遲的次數太多、拖延時間太長，所有的冷處理都變成不在乎。

當對方的耐性用完，從「你到底要不要溝通？」變成「我知道現在說什麼都沒用了！」兩個人的關係，已經不知不覺走到盡頭。更慘的是，回首來時路，想不起來怎麼會走到這一步，從「無話不說」到「無話可說」，距離長短不是問題，自由落體的速度，才會令自己心驚。

因為所謂的「冰凍三尺，非一日之寒」，在感情的世界裡，就是日積月累的冷處理，囤積尚未解開的情緒，糾纏愈滾愈大的心結，成為兩人之間的高牆，最後終於再也無力翻越。

我們都無力要求對方要用什麼態度回應，只能要求自己在乎對方的感受。當我很愛一個人的時候，會捨不得對方難過，更別說是帶著一肚子的疑問或悶氣回去睡覺。

而真正在乎你的人，應該不會冷處理兩人之間的關係；除非，你在他眼中十分歇斯底里。

給他自由求解脫。

當你千方百計想擺脫對方的依賴時，鼓勵他追求獨立的人生，成為你首要的目標。有一天，他獨立到不需要依賴你的時候，彼此的人生往往已經截然不同的兩條路。

度過黏ＴＴ的熱戀期，有一天他突然說：「其實妳也該擁有自己的生活。」聰明的她，聽到愛情的警鐘，若不即刻做出改變，很可能警鐘就變成喪鐘。於是，她開始學法文、學跳舞、學烹飪。讀過太多兩性相處的書，她知道只有增加自信與魅力，才能繼續吸引他的目光。

剛開始的時候，的確是這樣的。她不再賴著他，不再盯著他，給他自由的空間，也可以重新追尋自我。但不可諱言地，她的初始動機，就是想增加自己的新鮮感與吸引力，讓他還會注目她。

學法文、學跳舞、學烹飪……這些課程都很棒，也都如預期地吸引到他的注意。到這個階段，愛情比從前更成熟，有另一種甜蜜。各自有各自的生活、有個別的交友圈，偶爾也會有短暫的相互凝視，當目光再度交集時，看到彼此的魅力。

接下來，各自的發展有不同的節奏，她承認自己走得愈來愈快，愈來愈遠，回首看從前的相處模式，覺得當時的自己確實是過度依賴、而且缺乏自信。相對地，她再認真看他時，已經覺得是兩個不同世界的人。當初，他為了擺脫她黏ＴＴ的依賴，鼓勵她成為獨立的女人；如今，她真的做到了，卻發現他並不值得她那麼愛。

可是，她沒有說出來，於心不忍，情何以堪。

這是愛情的殘酷。當你千方百計想擺脫對方的依賴時，鼓勵他追求獨立的人生，成為你首要的目標。有一天，他獨立到不需要依賴你的時候，彼此的人生往往已經截然不同的兩條路。

有點黏，又不會太黏！說得容易，做起來何其困難？並非不能鼓勵伴侶擁有獨立的個性或生活，而是要看你鼓勵的動機，是真心為對方好，或只是想讓自己有更多不被拘束的空間。愛情的報應，往往來得很快，尤其當你並不是真心為對方好的時候，任何給對方的忠告，都會變成對自己的懲罰。

放下身段的練習。

爭吵後，不是因為個性粗枝大葉，才忽略對方給的下台階；
其實是自己不肯放下身段，過於堅持不必要的立場，才讓有意求和的對方，心灰意冷地離去。

她的智慧型手機螢幕，突然出現一則訊息，幽默溫暖的圖文，令人會心一笑。那是他傳給她，算是要求和解。她隨手回覆說：「呵呵，好笑！」化解了僵局。

前一天晚上，他們有些口角。情人吵架，總是如此，理多情薄，就算贏了口頭上的優勢，未必就是勝利。個性都還算成熟的兩個人，當場就各退一步，十分有默契地傳給對方很類似的訊息：「我不想再爭這個，沒有意義。你早點休息吧。」儘管如此，彼此不舒服的情緒都還在。

白天忙碌的她，並非故意僵持，只是沒時間去想，該怎麼化解？若不是他主動傳來這則可愛的圖文，而她很迅速地回應，很可能彼此都會以為對方還在氣頭上。有時候，這樣的次數一多，感情就很可能不了了之。

想想啊，誰會先說對不起？意氣之爭過後，你是如何放下身段的？或是你總是忽略對方給你的下台階？或者，更糟的是，對方已經釋出善意，給你下台階，你還是得理不饒人，為了教訓他而繼續擺臉色？

有位男性朋友懊惱地懺悔，說他個性粗線條，有時候根本沒有看出對方已經給他下台階，還以為她仍在賭氣，於是他愈是不敢造次，女友就愈生氣，兩人關係就更加疏離。

他說得沒錯，很多伴侶都是這樣一步一步走向感情的窮途末路。可是，我總覺得，不是因為個性粗枝大葉，才忽略對方給的下台階；最關鍵的原因，是自己不肯放下身段，過於堅持不必要的立場，才讓有意求和的對方，心灰意冷地離去。

當然，例外的是，對方根本就是累犯，每次犯錯都不肯檢討或悔改，惹出一堆事端，再來請你息怒，當你鐵了心的時候，就再也不會回頭了。這時候，已經不是身段的問題，而是執意分手的必要手段。

每次開始爭吵的時候，雙方姿態都很高；當其中一方決定分手，即使另一方身段放得再低，只是自取其辱而已。所以有些看破這段感情，再也不想挽回的人，就故意端起架子，讓感情破局。

愛到瓶頸的時候。

愛到瓶頸的時候，其實並不需要驚慌或害怕，
反而應該以冷靜的心情面對，觀察彼此的問題究竟出在哪裡。無論是決定繼續或分手，都比較沒有遺憾。

少數人的愛情，是一帆風順的。從一見鍾情到白頭偕老，幸福到令人嫉妒的程度。簡直就是神奇到沒法解釋的契合，最後也只能說他們是上輩子結的緣分，注定今生要相守。

大多數人的愛情，難免要經過起起伏伏，中間甚至吵架吵到懷疑自己該不該繼續下去，或是連懷疑都沒有，直接喊分手。

只有那些當愛到瓶頸的時候，還能理性深思熟慮，彼此釋出願意克服難關的誠意，輪流地妥協或退讓，共同找到雙方都能接受的相處之道，而最後終於攜手一生的伴侶，才能充分享受在愛中成長的幸福

與樂趣。

請留意我提及的關鍵字句，「輪流地妥協或退讓」，而不是其中一方習慣性地委曲求全，否則那樣的愛或許可以繼續，但畢竟不健康。

還有，最好不要在同一個問題上，卡住太多次，長期找不到解決方案的相處模式，很難以「暫時擺一邊」的方式處理，蒙蔽眼睛等同於自欺欺人。

有對情侶，平日相處還不錯，但每隔一段時間，男方總會無故失蹤，整個下午或一晚上，隔天女友若問：「你去哪兒？」他就會發脾氣，直率地說：「我不喜歡被質疑，妳這樣問，讓我壓力很大！」女友覺得莫名其妙，她明明沒惡意，很平常的關心，竟被說成是質疑。兩人大吵一架，通常會以親密關係收尾，直到下次他再度行蹤成謎。

她很相信他，知道他不會去做壞事；但是，不喜歡他回答問題的態度，卻也無法改變他，只好繼續吞忍。幾年之後，他們還是因為其他原因分手。當然，分手的原因也包括累積不少類似的摩擦。總之，她覺得他的脾氣很怪，不好相處。

事情結束不久以後，她跟我說：「其實我們不適合，早就該分手。」

言下之意她有點後悔，拖了太久。

從她的感情故事，我發現：時間無法證明一切，但其中發生的爭吵，以及彼此處理的態度，累積到一個程度，至少可以證明兩人不適合。

愛到瓶頸的時候，其實並不需要驚慌或害怕，反而應該以冷靜的心情面對，觀察彼此的問題究竟出在哪裡。

能夠跨越瓶頸，即使一路走來坑坑疤疤，都會更加見證雙方追求幸福的努力。若走不下去，努力過後，決定分手，也比較沒有遺憾。

比起另外一些人的愛情，開始的時候確實出神入化，熱戀期維持很久，平常也不會吵架或鬧彆扭，以為會一輩子相守下去了，卻在某一方突然的劈腿中，破碎了本來以為完美的關係，而且無法挽回。

相對之下，偶爾會遇到瓶頸的愛情，還比較有機會理解對方的想法，看見自己究竟在意什麼呢！

見識對方的糟糕。

見識對方最糟糕的一面，或許是愛情中很大的考驗。若是可以度過這一關，兩人之間的愛就無所畏懼了。

熱戀的時候，對方的樣貌都是美好。情人眼裡出西施，就是這個道理。什麼時候開始，這個完美形象會幻滅？

某次共餐後，發現對方的齒間有菜渣？某夜共眠後，被他的鼾聲吵到睡不著？某個早上醒來，看見她的披頭散髮？

以上皆是。這些畫面，的確很少出現在唯美浪漫的偶像劇男女主角身上，除非是編劇刻意要摧毀主角的形象，讓他或她更平易近人一些。

但是，也可能以上皆非。最簡單的論述是：如果兩人之間有真愛，那些出現在柴米油鹽醬醋茶之間很自然的「落漆」，絕對不會真正影響到彼此的觀感，甚至還覺得：形貌上的不修邊幅、或生活習慣的差異，都好可愛唷！

和我交情頗深的一位女性好友，男友邀請她同居，她正在考慮要不要答應，平常連剔牙、換衣服都不想給對方看到的她，確實很重視個人的隱私及形象，擔心太過於赤裸裸的相處，會破壞掉彼此之間朦朧的美感。

其實，真正會讓對方覺得慘不忍睹，甚至因此而退避三舍的，往往不是這些只夠摧毀偶像劇男女主角形象的小小缺失，而是人生裡比較大一點的遺憾。例如：發現在約會時風度翩翩的男友，在辦公室是個慣於勾心鬥角，而且是常常敗下陣來的小人；又如：一個常哀怨被前男友辜負的女人，被新男友看穿她很拜金。

還有比以上這些情況更慘的實例，有位女孩懷疑自己被男友背叛，跟蹤多時之後，親眼目睹男友和另一個女孩上賓館……幸好，她沒有直接破門而入，進去當場拆穿男友的謊言。否則，男友出於本能保護小三的反應，很可能會更傷她的心。

此外，也有比較甜蜜一點的個案。曾經和男友分手又復合的女孩，說她見識過男友最糟糕的一面，是她當初決定搬走時，男友突然跪求表示願意痛改前非的慘狀，分開的那段期間，她花了很多時間，才漸漸相信男友為了挽回她的心，寫在卡片上的感性告白：「我人生中所經歷過最糟糕的事，應該就是意識到我會失去妳時的心慌意亂。」

見識對方最糟糕的一面，或許是愛情中很大的考驗。若是可以度過這一關，兩人之間的愛就無所畏懼了。於是，有人攤出底牌，毫不介意地坦誠相見，想試探看看對方在愛情面前的挫折容忍力如何？

如果敢在心愛的對方面前，揭露自己最難堪的一面，這樣的愛，算是很勇敢、也很自私。

勇敢的是，置之死地而後生，如果對方這時候不嫌棄，也沒有被嚇跑，將來可以長久相依的機率大增。

自私的是，何其殘忍啊，竟用如此卑劣的方法試探對方的愛有多麼深。難道你不能把自己修養好一點，非得強迫對方接受你醜陋的一面嗎？

承諾的有效期限。

感情裡的承諾，說的時候很真心，當下所愛的人聽到，覺得非常感動，這就夠了！
如果要把承諾保留下來當證據，過一段時間再驗證有沒有兌現，是太殘酷的事。

愛人之間的承諾，是有「有效期限」的。

即使，字裡行間加上「永遠」，你都要感動對方許下承諾的當下，是那麼認真、那麼勇敢；而不是去追究他講的永遠，究竟有多遠？

感情裡最大的浪漫，是懂得把有效期限的承諾，在當下就是永遠，而不是事過境遷以後，像債務般去追討對方為什麼沒有遵守諾言？那只會讓你更心痛，更加堅信所有的諾言都是謊言。

最近有兩位朋友遇上這樣啼笑皆非的事，雖然有點咎由自取，我還是覺得處境堪憐。

其中一個是女性朋友，曾經暗戀已婚男主管多年，心裡明知這是不倫戀，要自己踩煞車，對方可能已經明顯感覺她的愛慕之意。

一年多以後，男主管很低調地離婚，辦公室裡知道的人不多，他卻主動找她說這件事，並且在重要的關鍵字句上加重語氣：「我知道妳喜歡我，我是為妳才離婚的。」

她不知道是因為煞車踩了太久，已經跑不動；或是，當初也只是一時衝動而已，並沒有真正要把他從婚姻中解救出來。

總之，聽見他說「我是為妳才離婚」時，立刻浮上心頭的四個字是「愧不敢當」。無言的她，認為彼此已經無緣。她被自己的愧疚，逼得走投無路，只好主動離職。

辦公室沒人了解她突然離開的真正原因，男主管既尷尬又抱歉，僅以簡訊安慰「其實妳沒有承諾什麼，是我自己想太多。」

另一個男性朋友，是在他心儀的女生還有男友時，主動去拿號碼牌掛號，字字句句、清清楚楚地說：「若有一天，妳離開他，請來找我，不論多久我都等妳！」他沒想到這一天，來得不早也不晚，就在三個月之後，他已經決定和另一個女孩交往的第二天。

感情裡的承諾，說的時候很真心，當下所愛的人聽到，覺得非常感動，這就夠了。如果要把承諾保留下來當證據，過一段時間再驗證有沒有兌現？這真是太殘酷的事情。

尤其是有過這種殘酷經驗的男生，會變得極端小心翼翼，不敢輕易說出自己當下想講的話，於是變成女的另一種苦惱：「說啊，你說啊，你為什麼從來都不肯說你愛我？」

或許，他不是不愛妳；只是，怕妳過了一段時間後，來向他討債：「當初你不是說你愛我嗎？現在呢！」無論他是否還繼續愛著，這種檢驗承諾的方式，會讓男人更加對愛卻步。

創造雙倍的幸福。

真正懂愛的戀人，都是世界上最好的創造者。他帶著一份幸福前來和她重逢，在相聚的時候雙方都創造了另一份幸福留給彼此。

他們是遠距離戀愛，只能一個月見一次面，南來北往奔波異地。平常的時候，只能靠網路、或手機裡的聊天程式傳達情意。

儘管彼此都知道要珍惜相處的每一刻，但因為平日沒有面對面溝通，難免有些口語的誤解或情緒的摩擦，累積到快要見面之前，簡直就是要爆發口角了，但是想著隔天就可以見面，彷彿是用期待與喜悅化解了那些委屈，雙方的想法同樣都是：只要能見面擁抱，確認彼此的愛依然健在，其他都不重要了。

而那些積蘊在心中的委屈，究竟是被真正化解了、還是壓抑到更深的心底呢？老實說，這個答案，暫時無解。唯一能見真章的是，隨著時光推移到某年某月某日，下一次情緒衝突時候，只是如潮來潮往般平順地推滅的沙灘上的足跡；或是來一場大海嘯，夾雜新仇舊恨的萬丈高浪，吞噬了原本以為十分堅固的真愛堤防。

幸好，相隔兩地時就算累積再多的委屈，都比不上短暫相聚又要離別的惆悵。月台上，他們的難分難捨，雖然沒有透過交纏的肢體表達，頻頻相接的眼光已經說明一切。彼此的心中，都有多了一些比從前更穩定的幸福感。

原來，真正懂愛的戀人，都是世界上最好的創造者。他帶著一份幸福前來和她重逢，在相聚的時候，彼此共同創造另一份幸福留給對方，他再帶著她給的另一份幸福離開。每一次的相聚，都創造雙倍的幸福。

體質良好的遠距離戀愛，就像幸福的活水，透過交換彼此的心意與祝福，獲得足夠的氧氣。

或許，雙方不能時時刻刻、日日夜夜擁抱想要的溫柔；卻可以在難得相聚的那一刻，因為懂得珍惜，而彼此創造更多。

反之，質量不好的戀愛，無論遠距離與否，猜疑的破壞性遠高於珍惜的創造力，日積月累，增加的都是不愉快的記憶，逐漸磨損幸福的光芒，只會彼此元氣大傷。

part
FIVE

孤單，在想念中狂歡。

只要愛過，
就不害怕孤單。
每一次想念，
都懂得微笑著祝福。

愛的旅程，不能預訂。

如同煙火多麼地燦爛，

終究還是要消失於夜空。

只要讓幸福，
成為一種信念，
無論你是否追求，
都已經得到。

指尖開始的愛情。

從指尖開始的愛情，若結束於指尖，所有曾經的溫柔終將變成一種無情的殘忍。
當心意改變以後，流動於指尖的愛已不再，只剩下遺憾與惆悵。

認真來說，這段愛情是從指間開始的。

他們的第一次約會，是去看電影。星期一的早上九點半，剛到辦公室打理好一切瑣事，準備要開始工作了，她手機響起，傳來他很有磁性的聲音。「這個週末一起去看電影，好嗎？我先上網訂票。」

握著電話的手，有點喜悅的顫抖。她的語調明顯是故作鎮定：「好啊，當天有點事要忙，傍晚以後才有空喔！」

興奮與期待，從週一蔓延到週末。兩人見面後先去取票，然後吃了簡單的晚餐。手忙腳亂地回到售票窗口，領取爆米花和可樂，跟在一排長龍後面，慢慢進去伸手不見五指的廳院。

正式開演之後，他的手主動伸過來，輕輕握住她的。時而兩掌交疊；時而十指糾纏。隨著劇情起伏，節奏有快有慢，指尖傳來的溫柔，卻款款流進心底，讓她徹底感受到他的浪漫。

兩個半小時的長片，他們的手指似乎還覺得相處的時間過於短暫，捨不得輕放。電影剛要散場，卻是他們情路的起點，以為往後的人生還長。

從牽手逛街，到親密上床，她眷戀他的手指，勝過其他器官。無論是牽手握住她的安全感，還是挑逗女人親密的感官，他的手指技巧太靈活、動作卻溫柔，令她永生難忘。

從指尖開始的愛情，會不會結束於指尖？

還陶醉於熱戀的她，有種說不出來的不祥預感。尤其看他經常盯著手機的螢幕看，像是怕錯過任何一則訊息似地，每隔幾分鐘都要劃開休眠中的畫面，檢查來自某個或某些神秘對象的訊息。

果然這段感情沒有維持太久，而且分手的方式也的確在他的指尖上。

他用手機裡的聊天程式，告訴她：「妳對我太好了，我怕妳受傷！」停頓幾分鐘後，看她沒有回覆，還怕她看不懂這是暗示分手的意思，立刻追加下面這句：「讓我們彼此冷靜一段時間吧！」

儘管她的感情閱歷並不豐富，但是憑直覺就可以知道，他的心另有所屬，不跟她玩了。甜蜜的愛情遊戲，到此畫下休止符。若要再問：「為什麼？」就是自討沒趣。

當心意改變以後，流動於指尖的愛已不再，只剩下遺憾與惆悵。悄然從愛情中引退的她，開始漫長的療傷期。

她漸漸知道：從指尖開始的愛情，若結束於指尖，所有曾經的溫柔終將變成一種無情的殘忍。

她偶爾還是會懷念他的指尖，卻無法想像他在手機上輸入分手的訊息時，用的會不會同樣是當初輕輕撫觸她唇邊的那根手指？

戀人的十八相送。

只有接受分離，期待相聚，並且把相聚與別離當作人生的常態，才能減輕心中的在意與痛苦，坦然在相聚與離別之間，安頓自己的身心。

從小常搬家、轉學、換環境，有幾年是連全家人都聚少離多，更遑論是和寵物、朋友分開。我在青少年時期就意識到，自己有分離恐懼症。長大之後，經歷更多的生離死別，每一次都是心靈的鍛鍊。

還不是很懂事的時候，我誤以為若要避免分離的痛苦，就是減少相聚的次數，甚至不要結交太多朋友。孤僻的情況愈來愈嚴重，其實比無法好好面對分離更難過。

直到慢慢學習面對自己心中的「內在小孩」，學習處理失去的情緒，漸漸知道：只有接受分離，期待相聚，並且把相聚與別離當作人生的常態，才能減輕心中的在意與痛苦，坦然在相聚與離別之間，安頓自己的身心。

有過這樣的經驗，看到捷運站接近末班車時刻，有戀人在依依不捨話別，如同古早黃梅調電影十八相送的場景，就覺得既可愛、又心疼。

女孩送男友到刷卡處，兩人都沒有多講話，只用難分難捨的眼神交流，隨著時間慢慢逼近，男友緩緩後退，女孩目送他上手扶梯，直到他的身影消失在樓層的最後一階。

另一個場景發生在辦公室裡，因為趕一個專案而加班，同仁用網路聊天軟體跟女友道晚安，已經「881」往返很多次，貼圖和動畫都送過了，還是掛在線上，除非另一端顯示離線，他才覺得自己沒有辜負對方。

這一幕，讓我想起很多戀人剛開始墜入情網時的深夜的電話熱線，總是要三催四請，還是不肯掛斷，即使兩人約好「數到1、2、3——一起掛斷喔！」多情到癡傻的兩個人，說什麼都還是不肯先掛掉電話。

還有個男孩在網上認識女孩，兩人每天都在網路聊到天亮，很捨不得說再見。才交往兩個多星期，他接到女孩的電話，說她急症住院正準備開刀。他本來以為是簡單的手術，她卻從此沒有出院。消息傳來，如同青天霹靂。他後悔不曾好好跟她道別，而此生已經無緣再見。

在愛到不得不分離的時刻，我們都不願意成為那個先說再見的人。彷彿先轉身走開，就顯得比較失禮、比較無情。

偏偏，生命有些時候，是無法自主決定誰要先離開，即使有那麼多遲遲不願說出口的再見，並不會因為你的戀棧而讓該分開的這件事情延遲發生。於是，措手不及，成為相愛的人，在不得不離別時，最大的遺憾。

相愛的時候，就要為分離做準備。

無論最後分離的原因是什麼，這是另一種「置之死地而後生」，讓我們更懂得珍惜相聚的當下。

唯有經歷無數的分離，才會發現：再見，真的不容易說。

尤其，熱戀的時候說，和分手的時候說，需要的是截然不同的情緒與勇氣。前者，是真的期待再相見；後者，是永遠都不再相見。

我真的好愛你唷。

愛情真的十分弔詭，只有在你很確定他即將會回答「我好愛你！」的前一瞬間問：「你愛我嗎？」才有意義。
否則，所有關於愛與不愛的問答都十分多餘。

如果「你愛我嗎？」是不該隨便提出的問題；「我好愛你！」就是不該隨便給出的承諾。不論你的目的是為了討好、肯定、或讚賞。

熱戀的時候問「你愛我嗎？」表示你已經開始在意對方了，這時候的「你愛我嗎？」其實等同於「我好愛你！」甜蜜固然無庸置疑，只不過「先說愛的人就輸了」是膚淺短暫愛情的不滅定律。在你確認對方真心誠意，可以跟你付出等量齊觀的愛情之前，請不要問「你愛我嗎？」也不用說「我好愛你！」

當對方已經意興闌珊時，問「你愛我嗎？」其實是自討沒趣，他已經表現得那麼明顯了，推延著沒有分手，就是在等你自己主動一刀斃命，還要這麼自取其辱嗎？若還要在這時候說「我好愛你！」就是毫無尊嚴的死纏爛打了。

在床上激情的時候問「你愛我嗎？」很明顯是畫蛇添足的敗筆，而且不分男女。跟在這問題後面的答案通常是「不然我現在是在幹嘛？」此刻說「我好愛你！」也是多餘，不如用更熱烈的身體回應對方吧！

經歷感情的重大挫折，或人生患難之後，重新問「你還愛我嗎？」或許還有一點意義，在徹底地懺悔中，等待對方具體的承諾，或給對方自由。前者，皆大歡喜；後者，做個了斷。

愛情真的十分弔詭，只有在你很確定他即將會脫口而出地回答「我好愛你！」的前一瞬間問：「你愛我嗎？」才有意義。否則，所有關於愛與不愛的問答都十分多餘。

唯一例外的是，當你病痛或年邁到很嚴重的地步，不需要問什麼、說什麼，對方還會緊緊握著你、或抱著你，在你的耳邊說：「我真的好愛你唷！」這時候的愛就值得了一切。但是，太悲涼了。我相信你還是不會想要在這種時候得到這句話。

特別要留意的是，無論什麼時候，都不要讓「我真的好愛你唷！」變成刻意的奉承、或一味的討好。那將會貶損你的身價、降低愛情的格調。

想念打包的幸福。

愛情是一根魔杖，讓這些小小的不經意的習慣動作，在熱情中變得可愛。當熱情消退時，成為障礙；分開以後，卻又想念不已。

雖然她來自富裕的家庭，但良好的家教養成節省的習慣，餐館沒有吃完的食物，一概打包處理。即使是啃一根德國豬腳剩下的骨頭，都要打包回去給管理員養的大狼狗。

剛開始，他覺得這個動作好可愛——富家千金手提著名牌包，裡面裝的竟是一根從剩菜殘羹裡打包給狗吃的骨頭。

兩個人相熟以後，男人愛面子的特質難免發作。

有一次吃泰國料理因為菜叫得太多，鮮蝦粉絲煲和月亮蝦餅都各剩下一點，若堅持要把它吃完，實在有點困難，但如果是要打包又因為分量不足嫌難看。

他的掙扎，並未影響她的習慣，伸出纖纖小手對服務員一揮，兩盒打包的餐點已經送到眼前。他為此有點不悅；她覺得根本不該有問題。打包，不僅是她的習慣，而且已經是晉升到藝術的層次。

她和家人外出吃飯，看到他愛吃的鹹魚雞粒炒飯，刻意多點一客打包帶回，還騙他說：「點太多了，根本吃不完，沒人動筷，你放心吃。」未辨真假的他，忘記認真享受當下的幸福，狼吞虎嚥時翻了白眼，嫌她太多事。

後來他們分手了，各自有新的交往對象。

每次他和新女友外出吃飯，眼前剩下一些飯菜，都會想到她打包的習慣。過去那些逼他「快把東西吃完，不然我就要打包」的甜蜜威脅，如今在回憶裡還閃閃發亮。

新女友問他：「你在想什麼？」

他訕訕地傻笑，回答：「我在考慮要不要打包？」

新女友不可思議地反問：「不會吧，就只剩下那幾口冬粉耶？」

每個人總有一些習慣，是非常下意識的動作，當時並沒有考慮為什麼，事後也很難說對錯。只不過愛情是一根魔杖，讓這些小小的不經意的習慣動作，有了以下的變化——在熱情中變得可愛；當熱情消退時，成為障礙；分開以後，卻又想念不已。

離開餐廳的他，忽然好懷念過去那些時光。眷戀著打包的幸福裡，以及流傳在卸任情人之間的習慣，有如遺傳般，成為血液裡的一部分，轉化成為生活中的滋養。

愛情中所有小小的好習慣，小小的壞習慣，竟然都在愛情離開以後，重逢於某個熟悉的角落時，才會對著曾經的幸福，發出微微的光。

你愛我有多深？

愚笨的女人總是為了贏得男人的重視，不斷讓自己「出包」吸引他的注意，於是開始惡性循環，男人跟這樣的女人在一起並不會快樂，他始終覺得自己在收拾善後。

未經世事的女人常很認真地問男人：「你愛我嗎？」

歷練豐實的女人，很少問：「你愛我嗎？」

若是她問了，表示她想調情而已。

感情經驗足夠的女人，關心的問題不是「你愛我嗎？」而是「你愛我有多深？」

然而，「你愛我有多深？」這樣的問題，從來就問不出真正的答案，而要靠自己觀察。例如：他肯花多少時間在你身上？

這裡的時間，並非絕對的時間長短，而是相對的時間付出。

一個每天工作超過十二個小時的情人，願意心無旁騖地陪你喝一杯咖啡，已經夠感人了不是嗎？問題是，我們總想貪心地多要一些，能不能續杯？

他把你放在哪一個優先順序上？很多情況是不能比較的。但是，多數女人會比較這些，「我跟你媽同時掉進海裡，你會先救誰？」這是一個很典型的問題。熱戀到失去理智的女人，不僅拿自己和對方的媽媽吃醋，也會拿自己和對方的工作比較，試圖去考驗男人的耐性和抉擇，「你說，誰比較重要？」

應付類似的問題，男人總是疲於奔命，女人也因此變得愈來愈不可愛。對男人來說，情人、媽媽、工作，優先順序沒有一定，而且缺乏時間管理觀念的男人，常會忽略先做重要的事情，把時間花在緊急的事上，換句話說，哪個先「出包」，就是他關心的重點。

偏偏，愚笨的女人總是為了贏得男人的重視，不斷讓自己「出包」吸引他的注意，於是開始惡性循環，男人跟這樣的女人在一起並不會快樂，他始終覺得自己在收拾善後。

聰明的女人不會刻意去為難男人，問他：「工作、你媽、和我，哪個重要？」因為對男人而言，都一樣重要。女人唯一要提防的是，他的前女友或前妻，有沒有登錄在這個選項裡？如果他認為，妳和他的前女友或前妻的重要性一致，確實就是危機了。

想知道「你愛我有多深？」這個問題的答案，還可以觀察他究竟是否真的在意你，捨不得你生氣、擔心、害怕？

舉個最簡單、卻也最殘酷的實例吧。如果他常常為隱瞞自己的行蹤，而刻意關機或假裝收訊不好，讓你牽掛他的去向，甚至是背著你劈腿，「你愛我有多深？」的答案已經昭然若揭。

就算他口口聲聲說：「我是愛你的！」也知道那只是他慣用的口號而已。你若還相信這樣的鬼話，表示你的判斷力也有問題，難怪會跟這種人混那麼久。

或許，他是愛你的，只是愛得不夠深。

請相信我，愛你愛得不夠深，比不愛你更慘千百倍。

他完全不愛你，死心離開就是了。他愛你愛得不夠深，你會離不開他，只是徒然浪費你的青春，而且還讓你痛不欲生。

愚笨卻認真的痕跡。

哪個人在愛情中，沒有做過一些令自己感動的蠢事呢？
或許它沒有感動到對方，只有自己在黯然神傷後露出甜美的微笑——原來，我曾經這樣毫無保留地付出過！

每段愛情結束之後，我們都會看見自己曾經愚笨卻認真的痕跡。如果愛情走了，對方無情地什麼都沒有留下，至少可以給自己一個嘉獎，肯定自己的認真與努力。

看見好友在網路上廉價拋售餐飲券及住宿券，我的感觸很深。她跟一個科技業的男生相戀半年多，對方工作很忙碌，約會都是靠她安排吃喝玩樂的行程。

「謝謝妳這麼用心張羅，讓我可以好好在難得的假期中放鬆自己。」他曾經在浪漫的戶外溫泉池，非常多情地對她說。正因為這樣的鼓勵，她去旅展購買很多餐飲券及住宿券，配合他的假期，預約很多行程。

難以預料的是，這些餐飲券和住宿券用不到三分之一，兩人就因為溝通上的細瑣問題而分手。決心設定停損點的她，趕在有效截止到期限之前，上網廉價拋售這些票券。儘管回收部分成本，還是無法彌補她的傷心。

望著那些拍賣的網頁，以及買家的殺價詢問，她失落地跟我說：「成交一筆，就看到自己當時愚笨卻認真的痕跡。」

這句話讓我很心疼。哪個人在愛情中，沒有做過一些令自己感動的蠢事呢？或許它沒有感動到對方，只有自己在黯然神傷後露出甜美的微笑——原來，我曾經這樣毫無保留地付出過！這一切，就很值得啊。

比較難能可貴的是：我們有沒有辦法，永遠留住這些愚笨卻認真的痕跡？然後化為追求下一段幸福的勇氣！還是往另外一個負面的方向發展，我們愚笨過幾次以後，漸漸學會自以為是的聰明，開始對感情玩世不恭，再也無法像從前那樣全心全意地付出？

當我們在幾段愛情結束後，感覺自己成熟了、也世故了，很難再為小小的感動微笑、也不再容易傷心哭泣的時候。或許，我們才是那個損失最大的人。我們終究失去的是，追求真愛的單純與勇氣。

你要行李或家具？

愛情對你來說，是行李、還是家具？
決定了你要的幸福，會是以怎樣的形式出現，會和你在一起多久。

每個人在年紀很輕的時候，多少都會嚮往愛情。無論啟發你的是小說、電影、Ａ片或是荷爾蒙。但是，我們通常要經過很多次愛情，才會知道需要對方成為伴侶的終極意義。

剛開始的時候，大多數的人真的都並不清楚，以為只是在找一個可以聊天、喝飲料、看電影，進而傾訴心靈、擁抱肉體的對象……其實這些都是愛情在熱戀階段的形式而已。接下來，愛情會化身為另一種模樣，並非它本來的面目如此，而是你要它成為什麼？

喜歡往外跑的人，把愛情當成隨身行李。有人始終如一，永遠拿同一個背包；有人喜新厭舊，不停換包包；有人說，因為行程遠近不同，行李箱當然要用不一樣的。

偏好待在家裡的人，把愛情當成家具。你說這樣安定的感覺真好，實情則是未必如你想像。選購家具，決定於主人心態。就拿選一把椅子來說吧！有些主人要實用好坐的，有些主人重視造型。有些主人，買了心中最愛的椅子，卻捨不得坐，甚至要用套布包住，只留待有客人造訪的時候，才會打開炫耀。

愛情對你來說，是行李、還是家具？決定了你要的幸福，會是以怎樣的形式出現，會和你在一起多久。

世事很難兩全，要將骨董貴妃椅，帶到天涯海角去，確實很不容易。如果你酷愛旅行，卻只中意骨董貴妃椅，只能勸你旅行時早去早回，到家以後就多花點時間賴在骨董貴妃椅。千萬別辜負它！或許，小別勝新婚的觀念，會是你們的愛情保鮮劑。

旅行中，你還會看到很多家具，如果你心心念念、掛掛記記的，都還是家裡的那張骨董貴妃椅，你懂得珍惜自己的屁股，寧願席地而坐，也不肯隨便遷就，表示你的愛情已經千錘百鍊，幸福到可以傳家的地步了。

愛情不是追求來的。

愛情，從來就不是追求來的；頂多只能激勵自己跑快一點，讓對方看見誠意與努力，然後吸引他自動跟上來。這樣的幸福，才會長久。

每次在聚會時聽到人生伴侶的感情故事分享，當事人若強調之前是多麼辛苦追求，才可以讓幸福到手，大家都很慷慨地給予熱烈掌聲，肯定他們「精誠所至，金石為開」的經驗，簡直就是勵志全集了。

可是，我心中往往不是這樣認為的。這些幸福伴侶的分享，只是要讓大家在茶餘飯後聊天時，增加趣味的笑點而已。並不是真的苦苦地窮追不捨，才真正把對方追到手。

因為，愛情從來就不是追求來的。頂多，只能激勵自己跑快一點，讓對方看見誠意與努力，然後吸引他自動跟上來。這樣的幸福，才會長久。

我看過太多苦苦追求愛情的人，其實永遠都落在幸福的後頭。即使努力到最後，終於得到一段被稱為「有情人終成眷屬」的感情，他還是沒有真正地感覺快樂。

原因有兩個：不是對方表現高高在上、盛氣凌人的樣子；就是自己很沒信心、隨時都怕失去對方。

對於苦苦追求的人來說，愛情常淪為一座獎盃。他可能以為自己很可能永遠都得不到，突然得到時，又認為自己只是一時僥倖。他未必會真的懂得珍惜；尤其是當他覺得自己不配的時候，獎盃對他而言，只是一種「名不副實」的羞辱。

有位男士問我：「萬一我跑太快，對方沒追上來怎麼辦？」其實，那代表她不夠愛你，或雙方節奏不合。不必對這樣的結果感到遺憾，儘管努力向前跑去，會有另一段幸福在前面等你。

當然，你不必自視甚高過頭，以唯我獨尊的方式跑在人群的最前面，那會讓你感到非常孤獨。幸福的意義，在於彼此陪伴，而不是領先對方，也不是刻意落後。

如果對方愛好自由，你更不可以苦苦追求。你要把自己打理得更好，讓他深深眷戀，捨不得跑得離開你太遠。

真正的愛，是願意給對方所有的自由；而他逛逛走走之後，還是認為只有跟你在一起的時候最快樂。

聽說他們復合了。

眼看著心愛的他，選擇一個他愛的人，你實在無法真心祝福。

這時候，你還巴不得回去當時單純的暗戀，別無所求的時光。那時候的關係很美，因為充滿渴望與想像。

如果暗戀一個人很久，沒有具體的結果，不久之後，他的好消息，往往是你的壞消息。

甚至你已經很公開地拿著愛的號碼牌，一心以為下一個就會輪到你，結果卻又落空時，那種感覺已經不只是難過，簡直就是難堪了。

這一關，對你來說，很過不去。

你十分傷心，我懂。

更何況，這次他選擇的對象，不是排在你前面拿著更優先號碼牌的對象，也不是插隊搗亂的傢伙，而是舊愛，一個手上沒有任何號碼牌的女孩，他竟決定和前前女友復合。

如果他選擇的對象，是排在妳前面號碼牌的女孩，妳會比較沒有話說。儘管，妳心中不屑地認為：愛情，是沒有先來後到這一回事的。但是，至少對方也來排隊了，而且比妳排得更久。

假使他是被插隊搗亂的傢伙給誘拐，妳也會覺得無話可說。這年頭，敢於橫刀奪愛的人太多了，妳甘拜下風。

最令妳不能忍受的，是他跟舊愛的復合。

這個事實打破了妳之前的兩個迷思：

第一，他不是曾經說過和她已經不可能了，雖然兩個人都已經是單身，但只會是家人或朋友，究竟是他說錯、還是妳聽錯？為此，妳疑惑好久。

第二，大家不是都說「好馬不吃回頭草」嗎？難道這個事實，證明他確非一匹好馬？所以是妳的眼光出差錯。

不管妳怎麼想、多麼難過，總之他就是選擇和前前女友復合，而且所有認識雙方的朋友，還在臉書上公開地恭賀他們破鏡重圓，而妳在獻上祝福的場面話之後，心酸地在私底下找一百個理由，預測他們應該熬不過太久……

可是，這個時候的妳，已經沒有勇氣再抽取一張號碼牌，重新站在隊伍的最後。

感情的真相，往往因為太殘酷而令人卻步。

眼看著心愛的他，選擇一個他愛的人，你實在無法真心祝福。這時候，你還巴不得回去當時單純的暗戀，只願偷偷看他一眼，其他別無所求的時光。那時候的關係很美，因為充滿渴望與想像。

聽說他們復合了，後來他把話說明白，他只是習慣有她的日子。

至於他們之間所存在的，究竟是愛、還是習慣，其實也都不重要，因為這一切都已經跟你無關。

錯過多年的告白。

會不會是因為我們都不夠勇敢，所以錯過機會去相愛一場，
還自以為文青似地，悼念著當年留下的美麗遺憾。

在冰天雪地的異國街頭重逢。他新婚未久，抱著剛出生的男嬰。她依舊單身，來美國探訪親友。雪花飄落在落地窗前，他們重新擁有一杯咖啡的時間敘舊。聊著那些年，他、和她、和一群老朋友。

不知道哪來的勇氣，他倏地提起，出國之前那段日子，曾經暗戀過她，還曾寄出一張聖誕卡，表達愛慕的心意。她以大笑掩蓋害羞，推卻地說：「真的嗎？你亂講，我怎麼都沒有發覺。」

結了婚的男人，顯然比較沒有顧忌，說笑都能放得開。倒是未婚的她，更顯得矜持。離開咖啡館的時候，她的心裡還是有些糾結，既祝福、

又怨恨。

多年前的那張聖誕卡片，到現在她還擺在抽屜裡。哪有什麼愛慕的話呢？只不過寫著：「一年將盡，還好有張卡片，可以傳達我的祝福。」當時，她有認真猜測過他的心意，但實在太不明顯，連曖昧都勾不上邊，所以才被擱置了這麼久。

然而，一切都不重要。她還是一個人，他已經有家庭。那些年，她的確對他也有過的好感，曾經在心底澎湃洶湧，卻成為昨日的浪花。即使她勇敢地重返岸邊，亦不再復見沙灘上的足跡。

聽完她的故事，我也不免細數年少的愛戀。那些試圖說出，後來終究沒有說出的情話，或許也曾化為一張卡片，只是對自己有個交代罷了。我們曾經心心念念想著對方究竟讀懂了沒？卻忘記在寄出去之前，審視自己有沒有把想說的話寫得夠清楚，想把想給的愛說得夠明白。

會不會是因為我們都不夠勇敢，所以錯過機會去相愛一場，還自以為文青似地，悼念著當年留下的美麗遺憾。然後，還沾沾自喜地以為，幸虧當時沒有魯莽，我才能留下這些雲淡風輕的記憶，在心中好好地珍藏。

任雪花飄落，讓冰霜凍結，單身的人心底，都有一個未完的聖誕節。

回不去的風景。

我們都仗勢往程之後必定有回程，所以才在折返的路上掉以輕心。
如果，感情真是一條只去無回的不歸路，相愛的人應該會永遠保持戒慎恐懼吧。

研究大腦的專家指出，當人類從甲地出發到乙地，會覺得時間比較長，從乙地返回甲地時，會覺得時間相對縮短。那是因為往程透過眼睛的視覺和其他感官的交互作用，不斷探索行經路線的環境變化，回程時已經熟悉經歷過的風景，大腦也不必太費力，所以覺得比較快到達。

這，就是人生啊！

多愁善感的女性朋友，聽到我分享的研究報導，感嘆很深！原來，我們都仗勢往程之後必定有回程，所以才在折返的路上掉以輕心。如果，感情真是一條只去無回的不歸路，相愛的人應該會永遠保持戒慎恐懼吧。

很明顯地，她的感嘆是有語病的。在時間的河流裡，感情和人生都是不歸路，誰能夠真正回到過去呢？

但是，我知道她想表達的意思，多數人在談戀愛的時候，總是以為即使短暫分開，還是隨時可以回到對方的懷裡，不論是上學、工作、出差、出國、甚至出軌，都很放心地橫衝直撞去做自己想做的事，如果每一次出發都會閃過一個念頭「我可能再也回不來了」，或許會對眼前的人事物認真以待，至少好好說聲「再見」吧！不會輕率地、頭也不回地，就這樣離開。

愛，畢竟是一件矛盾的學問。彼此熟悉之後，你要讓對方放心，但也不能太放心。因為有時候對方一旦放心，就鬆懈了該有的付出，失去了愛的動力。你要對他放心、但也不能太放心，因為你要提醒自己，對方沒有理所當然要繼續愛你的義務，雙方才能更加珍惜擁有的一切。

關於愛情的那片風景，唯有能夠真的流連忘返的伴侶，才有可能擁有愈久的幸福。

大多數的戀人，在剛陷入情網的階段，總是費盡心力探索彼此，希望盡快熟悉對方的一切；等到真的彼此熟悉以後，就像即將折返的歸途，連大腦都不用了。

直到有一天，發現自己再也回不去那片曾經的風景，才知道已成為對方生命的過客。

不能預約的旅程。

計畫，趕不上變化。這永遠是人生的常態，也是愛情逃不過的定律。愛情，果然是不能預約的旅程。提早準備，未必有用。

暑假才剛開始，可以看到跨年煙火的五星級飯店，已經開放預訂，以秒殺的速度額滿。

若是感情已經很穩定的伴侶，會想要花雙倍的錢來預訂可以看跨年煙火的房間，顯示他們很會享受浪漫。若是還在熱戀期的情人，夏天沒過完就在預訂跨年的房間，代表他們對愛情真的有很大的期盼。

只可惜，愛情是不能預約的旅程。提早準備，未必有用。有個年輕的男子，費盡千辛萬苦去追求心愛的女子，好不容易告白成功，開始正式約會時，已經是秋天的事了。

他矢志要跟這個女孩跨年，願意傾盡手邊一點可以動用的存款，想要預訂台北一〇一大樓附近的景觀飯店的煙火套房，可惜已經全數被訂滿。他還是不死心，預約候補，看是否有人會臨時退訂。

既然台北的房間這麼滿，他預備的替代方案是帶著女友去香港，上網預訂維多利亞港附近的酒店，就算房間看不到煙火也沒關係，可以牽手漫步港邊，和香港人與觀光客一起瘋狂。

計畫，趕不上變化。這永遠是人生的常態，也是愛情逃不過的定律。聖誕節來臨前的一個星期，女孩提出分手。莫名其妙的理由是：「我還忘不掉前男友！雖然跟你在一起很快樂；但你付出愈多，我就更擔心傷害你愈深。」

欲哭無淚的他，退掉當初預約香港的旅行，並非為了省錢，而是善良的他心想：至少可以成全另一對臨時想要去香港跨年的情侶。

退掉香港豪華酒店的第二天，台北一〇一大樓附近的五星級酒店通知他：「有人退房，您候補成功！」

敏感的他知道：很可能地球上的某個角落，有個男人跟他一樣失戀了。

原本滿心期待要和心愛的人共度跨年的煙火，如今形單影隻到不知道要用多少寂寞，才能塞滿落地窗前的空洞。

後來，他還是接受台北一〇一大樓附近的五星級酒店候補成功的煙火套房，享受一個人的孤單。晚會主持人倒數著5、4、3、2、1——他的眼淚一行一行流出來。

愛的旅程，不能預訂。為了失去愛而流出的眼淚，也同樣防不勝防。哭完了，明天還是要繼續，新年依然要開始。一個人的跨年煙火，成為一種告別的儀式。把傷心留在愛情離開的地方，如同煙火再多麼地燦爛，終究還是要消失於夜空。

有一種寂寞，叫做想念……

◎真愛終究有一天，成為你心中永遠的鄉愁。在你心中，它依舊美好，美好到連遺憾都容不下。

◎分手當下給對方的祝福，足以美化歲月的痕跡，後來的柴米油鹽醬醋茶，都無須再被提起。

◎證明了我擁有願意主動為所愛的人做些改變的能力，這點信心就足以讓我覺得自己會是幸福的人。

◎兩個人在一起的寂寞，比一個人孤單的寂寞，更加難耐。

◎當愛情消逝之後，如果我們真的能夠學會變成一個更好的人，莫過於懂得對所有已經發生過的事情心存感謝。

◎我在乎你、我捨不得你難過！當我捨不得你難過的時候，就不會傷害你，更會珍惜自己。

◎唯有經歷無數的分離，才會發現：再見，真的不容易說。

◎愛情中所有小小的好習慣，小小的壞習慣，竟然都在愛情離開以後，重逢於某個熟悉的角落時，才會對著曾經的幸福，發出微微的光。

◎哪個人在愛情中，沒有做過一些令自己感動的蠢事呢？或許它沒有感動到對方，只有自己在黯然神傷後露出甜美的微笑。

國家圖書館出版品預行編目資料

最深愛的，最寂寞 / 吳若權著 .-- 初版 .-- 臺北市：
皇冠．2013.05
面；公分（皇冠叢書；第 4299 種）
（吳若權幸福書房；01）
ISBN 978-957-33-2984-8（平裝）

855　　102006978

皇冠叢書第 4299 種
吳若權幸福書房 01

最深愛的，最寂寞

作　　者—吳若權
發 行 人—平雲
出版發行—皇冠文化出版有限公司
台北市敦化北路 120 巷 50 號
電話◎ 02-27168888
郵撥帳號◎ 15261516 號
皇冠出版社（香港）有限公司
香港上環文咸東街 50 號寶恒商業中心
23 樓 2301-3 室
電話◎ 2529-1778　傳真◎ 2527-0904
責任主編—許婷婷
美術設計—王瓊瑤
著作完成日期— 2012 年 12 月
初版一刷日期— 2013 年 5 月
初版七刷日期— 2016 年 10 月
法律顧問—王惠光律師

讀者服務傳真專線◎ 02-27150507
電腦編號◎ 545001
ISBN ◎ 978-957-33-2984-8
Printed in Taiwan
本書定價◎新台幣 250 元 / 港幣 83 元

- 皇冠讀樂網：www.crown.com.tw
- 皇冠 Facebook：www.facebook.com/crownbook
- 小王子的編輯夢：crownbook.pixnet.net/blog